Collin McMahon wurde 1968 in Garmisch-Partenkirchen als Kind amerikanischer Eltern geboren und besuchte in München die deutsche Schule. 1978 durften er und sein Bruder Brian erstmals an einem so genannten Computer ein Spiel namens »Star Trek« spielen, das aus Sternchen und Buchstaben bestand. 1979 bekamen die Brüder zu Weihnachten eine Spielkonsole Atari 2600 mit 128 Byte RAM, und 1984 hatte die Familie einen Apple Macintosh Plus mit 1 MB Arbeitsspeicher. Heute sitzt Collin jeden Tag am PC und schreibt und übersetzt Bücher und Filme.

Weitere Titel des Autors:

Cybersurfer – Angriff der Superhirne

Collin McMahon

CYBERSURFER

Wilde Jagd auf Auto-Hacker

Mit Illustrationen von
Jens Rotzsche

BAUM
HAUS

BAUMHAUS TASCHENBUCH
Band 0036

1. Auflage: April 2011

Baumhaus Taschenbuch in der Bastei Lübbe GmbH & Co. KG

Originalausgabe

Lektorat: Katharina Jacobi, Leipzig
Redaktion: Anna Matschke
Illustrationen im Innenteil: Jens Rotzsche
Titelbild: © Sophie Polewiak, Guter Punkt,
unter Verwendung von Motiven von Eigenarchiv Guter Punkt
Umschlaggestaltung: Guter Punkt, München
Autorenfoto: © privat/Claus Schunk
Satz: hanseatenSatz-bremen, Bremen
Gesetzt aus der Serifa
Druck und Verarbeitung: CPI Ebner – Spiegel, Ulm
Printed in Germany
ISBN 978-3-8432-0036-3

Für Adrian, Valentin und Viki

In diesem Buch werden einige Fachbegriffe benutzt. Falls du ein Wort mal nicht verstehst oder mehr darüber wissen willst, findest du am Ende des Buches eine Liste von Wörtern (»Glossar«).

Hacker sind neugierige Menschen, die wissen wollen, wie Dinge funktionieren. Sie zerstören nicht mutwillig und versuchen nicht, ihre Mitmenschen zu schädigen. Verhalte dich im Netz immer verantwortungsvoll und tue keinem etwas an, was man dir nicht selbst antun sollte.

Inhaltsverzeichnis

Unser Wagen schoss mit 120 km/h stadteinwärts, aber unsere Verfolger waren uns immer noch dicht auf den Fersen. Da bog Mülli mit kreischenden Reifen rechts ab in eine winzig kleine Altstadtgasse, in die wir nur mit Mühe und Not hineinpassten. Unsere Verfolger in ihrem 1000-PS-Supersportwagen blieben dicht an uns dran und rasten ebenfalls in die winzige Gasse, die gerade Platz genug für ihre Rückspiegel bot. Vor uns sprangen die Fußgänger links und rechts aus dem Weg, während Mülli das Gaspedal bis zum Bodenblech durchdrückte. Wir fuhren schlitternd um die Ecke und rasten auf ein altes Steingebäude zu. Im nächsten Moment schepperten wir die Treppe hinauf und rammten das schwere Eisentor. Endstation. Es gab kein Entkommen. Unsere Verfolger schossen um die Häuserecke hinter uns und knallten voll in uns hinein …

Es war Dienstag. Nach der Schule ging ich wie immer in den Laden von meinem Onkel Tarkan, Computer 2000. Direkt am Hauptbahnhof, umgeben von arabischen Dönerläden, armenischen Pfandleihern und allen möglichen Unterwelt-Kneipen und komischen Neonclubs, liegt das Mekka der Elektronikfreaks, der Bastler und Schrauber. Mein dicker Onkel Tarkan hatte dort einen schmutzigen, ungeputzten Laden voller Aschenbecher und mit den neusten, besten Elektronikbauteilen, die du für Geld kriegen kannst. Er hatte immer eine Kippe zwischen den Lippen und einen blöden Spruch auf der Zunge, aber er und seine Jungs – die für ihn fast umsonst im Laden arbeiteten, weil sie von ihm was lernen wollten – waren die Besten. Ohne Frage. Und die Billigsten.

Ich war an dem Tag etwas genervt, weil meine Mutter mir so'n Kinderhandy besorgt hatte, mit dem sie mich orten konnte. Seit mein Kumpel Mülli und ich vor Kurzem mit einem anderen Hacker aneinandergeraten waren, dem *Binhexer,* und dabei fast das halbe Firmengelände der Immens AG in die Luft gejagt hatten, wollte meine Mama plötzlich immer ganz genau wissen, wo ich stecke. Dabei saß ich eh jeden Tag nach der Schule bei Onkel Tarkan im Laden – das wusste sie doch. Meine Mama musste jeden Tag bis spät putzen gehen, seitdem Papa weg war, und ich hing lieber unter Menschen ab, als ständig allein daheim in der kleinen, dunklen Wohnung zu hocken. Sie gab wohl Tarkan auch irgendwie die Schuld, dass Mülli und ich letztens fast Ärger mit der Polizei bekommen hatten, obwohl er echt nix dafür konnte. Nee, das waren wir ganz allein gewesen.

Auf jeden Fall schickte sie mir jetzt ständig SMS und machte Kontrollanrufe und hatte mir wie gesagt so'n Handy besorgt, mit dem sie immer sehen konnte, wo ich stecke. Na prima. Meine Karriere als international gesuchter Juwelendieb kann ich also an den Nagel hängen. Oder ich darf zumindest das Handy nicht mitnehmen. Aber wie sieht das denn aus, ein weltberühmter Meisterdieb in 'ner Telefonzelle? Geht ja gar nicht.

Seitdem wir den Binhexer überlistet hatten, hatten wir uns sogar mit ihm angefreundet und trafen uns immer in unserem eigenen Chat auf *hackerblog.de* unter dem Namen Cybersurfer, um uns über Hacks, Cracks und Codes auszutauschen. Der Binhexer heißt in Wahrheit Christopher von Xanthen und wohnt mit seiner Familie in einer fetten Villa in so 'nem total schnöseligen Vorort, wo sie dich anschauen wie der letzte Dreck, selbst wenn du dort ganz korrekt mit Nike Airs, Raiders-Käppie und Kapuzensweatshirt gekleidet rumläufst. Keine Ahnung, was die haben. Aber der Binhexer selber war schon okay, und sein Vater war so'n Obermotz bei Immens AG: Der könnte mir vielleicht noch irgendwann ganz nützlich sein, wenn ich's richtig anstelle. Und Mülli hoffte immer noch darauf, eine offizielle Version der neuen GameBox von Papa von Xanthen zu kriegen, weil seine Firma da die Chips für liefert.

Mülli war nämlich gar kein richtiger Hacker, sondern Zocker, und interessierte sich ausschließlich für die allerneusten Computer-Spiele. Ich glaub, dem könntest du ein Pentium 4 Motherboard auf die Nase binden, und er würd nicht erkennen, was es ist. Aber über die ganze Online-Welt von *World of WarKraft* – ihr wisst schon, dieses Fantasy-Rollenspiel –, darüber weiß er alles, unser Mülli. Heute hing er wie üblich mit mir im Laden ab: Wir waren gerade im Chat mit dem Binhexer, der sich draußen in der Vorstadt in seiner weißen Villa unter diesen ganzen neureichen Dummköpfen wie üblich zu Tode langweilte.

Wir hatten uns einen Spaß draus gemacht, uns gegenseitig verschlüsselte Nachrichten zu schicken, um zu sehen, wer sie knacken konnte. Das funktionierte etwa so wie die Geheimcodes, mit denen man sich in der Schule verschlüsselte Botschaften schickt, ihr wisst schon:

A	B	C	D	E	F	G	H	I	J	K	L	M	N	O	P	Q	R	S	T	U	V	W	X	Y	Z
B	C	D	E	F	G	H	I	J	K	L	M	N	O	P	Q	R	S	T	U	V	W	X	Y	Z	A

Wenn man jeden Buchstaben gegen den nächsten im Alphabet vertauscht, wird aus CYBERSURFER plötzlich DZCFSTVSGFS. Das ist nur der allersimpelste Geheimcode. Da es immer Leute gibt, die versuchen werden, deinen Code zu knacken (sonst bräuchtest du ihn nämlich gar nicht!), sollte man ihn aber so kompliziert wie möglich machen. Wenn du das Wort DZCFSTVSGFS anschaust, weißt du sofort, dass das ein Geheimcode ist. Vor allem, weil nicht genug Vokale drin sind, um ein vernünftiges Wort daraus zu machen. Du siehst aber, dass die Buchstaben S und F häufig vorkommen. Wenn du genug von diesen Botschaften abfängst und zum Beispiel weißt, welche Buchstaben in einer Sprache am meisten vorkommen – bei uns sind es die Vokale E, A, I und bestimmte Konsonanten wie N, R, T, S –, kannst du also einfach ausprobieren und so herausbekommen, welche Worte Sinn machen.

Wenn seltsame Doppelbuchstaben vorkommen – wie XX oder UU –, ist das auch ein Hinweis. Denn wenn man weiß, dass eine Nachricht in Deutsch oder Englisch geschrieben wurde, kann man vermuten, dass Doppelbuchstaben eher so was wie RR, TT, OO, AA, SS, NN, MM oder GG sein müssten und nicht irgendwie QQ oder JJ. (Arabisch zum Beispiel wär' da wieder ganz was anderes!) Auf diese Weise kann man so einen Code irgendwann knacken.

Das Allersicherste ist deswegen, wenn du jedes Mal einen völlig neuen Code verwendest. Stell dir einen Block vor, auf dem mal

A	B	C	D	E	F	G	H	I	J	K	L	M	N	O	P	Q	R	S	T	U	V	W	X	Y	Z
H	X	O	Q	U	G	A	X	V	M	L	W	R	C	Y	E	K	J	F	B	T	K	Z	P	I	D

steht und das nächste Mal:

A	B	C	D	E	F	G	H	I	J	K	L	M	N	O	P	Q	R	S	T	U	V	W	X	Y	Z
E	Q	O	K	R	D	A	X	Z	P	H	W	S	V	T	L	B	C	I	Y	J	N	M	F	G	U

... und dann wieder was völlig anderes.

Für jedes Wort (oder für jeden Buchstaben!) verwenden du und dein Partner einen neuen Code, den nur ihr kennt. Das nennt man einen Einmalblock. So ein Code, der sich ständig verändert und immer nur einmal verwendet wird, ist mehr oder weniger unmöglich zu knacken. Außer der andere kriegt diesen

Block in die Hand, dann hast du nämlich original verschissen.

Ungefähr dasselbe ist den Nazis im 2. Weltkrieg passiert: Die haben nämlich ein U-Boot verloren, das eine Chiffriermaschine an Bord hatte – eine Enigma-Maschine. Steht auch eine hier im Deutschen Museum, die kann man sich angucken gehen. Diese Enigma-Maschine, das waren mehrere drehbare Trommeln mit Buchstaben, die man jeden Tag neu einstellen musste, also jeweils auf den aktuellen Code. Da die Engländer aber auch so eine Enigma-Maschine hatten, konnten sie rauskriegen, welche Codes möglich waren. Um die alle auszuprobieren, wurden einige der allerersten Computer gebaut, von so einem Verrückten namens Alan Turing. Na ja, Glück gehabt, würd ich mal sagen. Sonst würden wir jetzt alle noch im Gänsemarsch in Reitstiefeln rumlaufen und »Sieg Heil!« brüllen.

Viel mehr muss man über Kryptologie eigentlich nicht wissen. Das ist nämlich vor allem stupides Rumprobieren, und dafür gibt's zum Glück die Computer. Die wurden sozusagen dafür erfunden. Das beste Beispiel ist die sogenannte Wörterbuch-Attacke: Dabei probiert der Computer einfach jedes Wort aus einem riesigen Lexikon aus, und wenn dein Passwort dabei ist, dann wirst du gehackt. So einfach ist das. Und da der Computer ein paar Millionen Wörter und Wortkombinationen in der Sekunde ausprobieren kann, geht das natürlich ruckzuck. Deshalb sollte man nie irgendwelche normalen Wörter oder Namen als Passwort wählen.

Warum erzähl ich euch das alles? Wartet nur, jetzt wird's gleich spannend. Der Witz ist nämlich, dass wir heute ständig Geheimcodes verwenden und verschlüsselte Botschaften verschicken, nur – wir merken es gar nicht. Egal ob wir mit dem Handy telefonieren oder eine Website mit der Adresse »https:« anklicken, das alles wird verschlüsselt. Sonst könnte ja jeder deine Telefongespräche abhören. Verrückterweise sind deine Handy-Gespräche sicherer als der Polizeifunk: Die armen Kerle haben nämlich nur stinknormale Funkgeräte. Bei denen kann jeder mithören, der das richtige Funkgerät hat.

Diesmal hatte der Binhexer was Neues aufgetan und uns einen Link geschickt mit der Erklärung:

BVUPT GVFS BMMF

Wenn du unseren Supersimpel-Code von oben – jetzt in umgekehrter Richtung, B = A, C = B und so weiter – darauf anwendest, siehst du gleich, um was es geht:

A	B	C	D	E	F	G	H	I	J	K	L	M	N	O	P	Q	R	S	T	U	V	W	X	Y	Z
Z	A	B	C	D	E	F	G	H	I	J	K	L	M	N	O	P	Q	R	S	T	U	V	W	X	Y

Na, hast du's?

Los, Alter, nimm dir einen Zettel und einen Stift und knack den Code, ist doch kein Ding!

Ich warte. Dann schreib's hier hin:

_____ ____ ____

Alles klar? Weiter geht's:

Der Link führte zu einem Post auf *hackerblog.de*. Dort ging es tatsächlich um Autos. Anscheinend hatten irgendwelche Schlauberger von der Ruhr-Uni in Bochum es geschafft, den Code zu knacken, mit dem die meisten Autoschlüssel funktionieren. Das System hieß KeeLoq und wird in vielen großen Automarken für diese Biep-Biep-Schlüssel verwendet.

Die müssen natürlich verschlüsselt funken, sonst könnte ja jeder mit einem Funkgerät dein Biep-Biep aufnehmen und wieder abspielen, um dein Auto zu klauen. Da erfinden die also dieses supergeheime Verschlüsselungssystem, das in Türöffner und alles Mögliche eingebaut ist. Und dann kommen echt irgendwelche Genies von der Uni daher, die das Zeug knacken und damit ins Internet gehen, bloß um zu zeigen, wie toll sie sind. Das muss die Autofirmen aber ganz schön ärgern, dachte ich mir. Und den nächsten Gedanken musste ich gleich laut aussprechen:

»Mülli – das müssen wir ausprobieren!«

»Boah, krass«, staunte Mülli – wie immer, wenn er mit der echten Welt konfrontiert war statt mit einem seiner Spiele. »Und damit kann man echt Autos klauen?«

»Keine Ahnung, mal gucken.« Ich freute mich schon auf das Abenteuer. Natürlich hatte ich nicht vor, irgendwelche Autos zu klauen. Das würd auch ziemlich bescheuert aussehen, mit 14. Ich wollte nur wissen, ob's geht.

»Guck mal, da ist sogar ein Software-Tool zum Download«, staunte ich. Unsere Streber-Studenten haben's uns echt leicht gemacht. Wenn du erst mal eine Formel gefunden hast, so einen Code zu knacken, dann kann man das auch ganz einfach in ein Programm verpacken.

»Hier steht noch ... wir brauchen einen USB-fähigen Mikrowellen-Transponder auf der ISM-Frequenz 433 MHz.«

»Häh? Was'n das?« Mülli glotzte mich verwirrt an.

»Keine Ahnung. Tarkan, hast du so was?«

»Nee, keine Ahnung, frag doch so'n Elektro-Schrotthändler.«

Bei uns im Bahnhofsviertel gibt's nämlich nicht nur Computer- und Handy-Läden, sondern auch haufenweise Elektronik-Läden für die richtigen Freaks, die sich alles selber löten wollen. Da kannste dann Elektroden, Dioden und Transistoren im Kilo kaufen. Ich geh dort immer ganz gern rein, nur um zu gucken und die seltsamen Typen mit Pickeln und Hochwasserhosen anzustarren. Aber diesmal wollten wir echt was kaufen. Da fiel mir aber siedend heiß ein, dass meine Mama in letzter Zeit jedes Mal durchklingelte, sobald ich mehr als fünf Schritte aus dem Laden machte. Sie fragte dann sofort, wo ich hinwolle. Und wenn ich das Handy einfach liegen lasse, dann spürt die das, ich schwör's euch, und ruft wieder sofort an. Ich wollte ihr nicht erklären müssen, dass wir gerade ein Gerät zum Autoklauen basteln. Und anlügen kann ich sie sowieso nicht, da hat die einen 1A eingebauten Lügendetektor für. Also kritzelte ich die Beschreibung auf einen Zettel und drückte sie dem verdatterten Mülli in die Hand.

»Was soll ich jetzt damit?«

»Ja, mach dich mal nützlich hier«, blaffte ich ihn etwas genervt an. Ist doch wahr, Mann. Kann doch auch mal was tun, der Pilot. Verwirrt schaute er den Zettel an, als wär's 'ne besonders fiese Schulaufgabe – eine, bei der es dir plötzlich total schwummerig und schwarz vor Augen wird, weil das ganze Blut aus deinem Hirn geflossen ist. Dabei stand auf dem Zettel nur:

»Mikrowellen-Transponder, ISM Frequenz 433 MHz, USB-Anschluss.«

Mülli guckte mich immer noch an wie geklont, während ich ihn Richtung Tür steuerte. »Das machst du schon, zeig ihm einfach den Zettel und gib ihm das Geld«, sagte ich und drückte Mülli zum Trost 50 Euronen in die Hand. Die hatte ich von dem Geld, das Tarkan mir ab und zu fürs Mithelfen bezahlt. Dann schubste ich Mülli Richtung »Elektro Schiesser«: so'n düsterer Laden aus dem vorletzten Jahrhundert mit lauter verstaubten Regalen, wo die Modelleisenbahnfreaks und Elektrobastler den ganzen Tag rumhängen. Mit dem Zettel in der einen Hand und dem Geld in der anderen wankte er ungläubig davon, als würde ich ihn im Kolosseum den Löwen zum Fraß vorwerfen: »Enis, kannst du das nicht machen ...?«

»Nee, ich muss hier auf den Laden aufpassen«, log ich, obwohl Tarkan heute drei seiner Jungs dahatte. Keinesfalls wollte ich zugeben, dass meine Mama mich telefonisch angekettet hatte.

Nach zehn Minuten war Mülli jedoch wieder da, mit einer weißen Plastiktüte ohne Aufschrift und holte daraus eine neue weiße Schachtel, auf der stand: »Babyfon 3000.«

Eine Sekunde lang starrten wir alle wie blöde. Dann fingen Tarkan und ich synchron zu prusten an, ein Lachen, das uns eher durch die Nase explodierte als sonst was, und bald lagen alle am Boden oder auf dem Tresen und brachen voll ab. Mülli wurde etwas rot und versuchte mitzulachen, wusste in dem Moment aber nicht, ob der Verkäufer ihn veräppelt hatte – oder wir, oder alle zusammen: »Was ist denn? Ist das nicht das Richtige? Er hat gesagt ...«

»Doch, doch«, tröstete ich ihn und sah mir die Packung an. Tatsache ist nämlich: Die Babyfon-Dinger laufen auf derselben Frequenz wie Autoschlüssel, Garagenöffner und andere Fernbedienungen. Na, kein Wunder dass die immer Störungen kriegen und die übermüdeten Eltern zwanzig Mal in der Nacht aufscheuchen! Wer lässt sich so was nur einfallen?

Tja, und das Babyfon hatte einen USB-Anschluss, mit dem man irgendwelche Zusatzfunktionen programmieren konnte. Also steckte ich es an meinen Computer und war schon gespannt, ob unser kleines Experiment funktionieren würde.

In dem Moment wurde ich jedoch von der Türglocke unterbrochen. Sie bimmelte nicht so wie immer, sondern irgendwie anders, aufdringlicher, nerviger. Und ich sah auch gleich, woran es lag: In der Tür stand ein dunkler Schatten, ein Ungetüm, das die Sonne verdunkelte. Ich blinzelte und meinte, einen grünen Oger zu erkennen, an dessen Seite sich eine Schlange Boa-Constrictor-artig wand. Ich blinzelte noch mal und erkannte: Es war ein Mensch, so was Ähnliches zumindest.

Es war Bomber, ein alter Klassenkamerad von Onkel Tarkan, der hier im Bahnhofsviertel einen auf Oberchecker machen wollte und den ich echt nicht leiden konnte. Er trug immer nur so hässliche Bomberjacken, damit jeder gleich sehen konnte, dass er ein total harter Kerl war. Dazu hatte er am linken Handgelenk eine goldene Rolex, die so riesig war, dass sie gar nicht echt sein *konnte*, sonst hätte die locker zwanzigtausend gekostet. Die schüttelte er dir gerne demonstrativ ins Gesicht, um auch noch dem Letzten zu zeigen, was für ein toller Hecht er war.

Die Schlange an seiner Seite war seine Freundin (oder was auch immer!) Nastassja. Eine Schlange war sie trotzdem. Sie war angezogen wie ein Rockstar aus den siebziger Jahren: mit Leopardenhosen unter ihrem Plastik-Miniskirt, einer zu kurzen Jacke mit einer Federboa und viel zu viel Make-up, das sie trotzdem nicht hübsch machte. Hinter den beiden, draußen am Gehweg, parkte die aufgedonnerte Corvette Stingray von Bomber, die fast nur aus Chrom, Spoilern und Auspuffrohren bestand.

Ich kann den Typen überhaupt nicht ab, ey. Aber Tarkan – irgendwie fällt der immer wieder drauf rein. Ich glaube, es liegt wohl dran, dass er in der Schule immer der kleine dicke Streber war und Typen wie Bomber ihn ständig aufgezogen haben. Jetzt machte Bomber hier einen auf Obermotz, und Tarkan ließ sich das gefallen. »Hey, hey, hey, guckt euch mal die Computerchecker an«, frotzelte Bomber und schlenderte betont lässig in den Laden, einen Zahnstocher im Mund hin und her schnalzend.

»Hey, Bomber. Wie geht's?«, schluckte Tarkan und wirkte plötzlich nicht mehr wie das Superhirn mit eigenem Laden, sondern wie der kleine Dicke, dem sie auf dem Schulhof das Pausenbrot wegnehmen. Mann, das ärgerte mich! Warum ließ der sich das immer wieder gefallen? Also *mich* sollte dieser Bomber bloß in Ruhe lassen, sonst ...

Doch zu spät. Bomber war schon bei mir und Mülli – der ihn entsetzt anstarrte wie einen Superbösewicht bei *Grand Theft Auto* – und zog mich am Ohr. Am Ohr! Ich pack's nicht!

»Na, Kleiner, spielt ihr schön?«, fragte er, als ob der

auch nur im Ansatz begreifen könnte, was wir gerade taten.

Ich dachte, ich platz gleich! Doch stattdessen hielt ich die Klappe, und Bomber wendete sich mit seiner Schnalle wieder Tarkan zu, der ihnen eilig was zu trinken anbot – als wären sie Fürsten oder so was.

Mein Blick verfinsterte sich, und ich sah aus dem Fenster, wo die helle Sonne plötzlich höhnisch und feindselig wirkte, die Farben zu grell und irgendwie lustlos. Und da erblickte ich die stahlblau funkelnde, frisch polierte Corvette Stingray mit dem Airbrush-Gemälde von einer Frau und einem Tigerkopf auf der Motorhaube – und in dem Moment kam mir ein Gedanke. Ein böser Gedanke. Ich klickte das Autoknacker-Programm an, das ans Babyfon angeschlossen war, und es startete. Perfekt. Jetzt musste ich den Blödmann nur noch dazu bringen, sein Signal zu senden …

»Hey! Bomber! Da war gerade einer an deinem Wagen!«, rief ich, womit mir seine Aufmerksamkeit sicher war. Er ließ die Frau fallen und wandte sich seiner geliebten Corvette zu. »Hast du ihn auch abgesperrt?«

Reflexhaft holte er den Schlüssel aus seiner Bomberjacke und piepste mehrmals damit. Es passierte nichts. Der Wagen war schon abgesperrt, sonst würden jetzt die Blinker aufleuchten oder so was. »Passt«, verkündete er beruhigt und fügte gönnerhaft hinzu: »Aber pass nur weiter auf, Kleiner. Mein Wagen ist heilig.« Fehlte nur noch, dass er mir gleich Trinkgeld gab oder so.

Na warte, dachte ich. Dein Heiligtum gehört gleich mir.

Und tatsächlich, der Rechner hatte sein Funksignal abgefangen. Bomber hatte mehrmals gepiepst – zum Glück, denn je mehr Signale der Computer abfing, desto schneller würde er sie entschlüsseln. Jetzt fragte er mich nach dem Hersteller, denn jeder Hersteller hatte seine eigenen Codes. Wenn er wusste, was für ein Auto es war, ging's nämlich noch schneller. Ich klickte das Fabrikat an, und los ging's. Zahlen und Zeichen ratterten im Fenster durch, die Sanduhr lief.

Tarkan und Bomber hatten sich inzwischen verquatscht, ich hatte also Zeit. Bomber kam natürlich nur vorbei, wenn er was von Tarkan brauchte: Jetzt wollte er wohl, dass mein Onkel umsonst seine Spielkonsole aufrüstete, damit er das neuste Ballerspiel spielen konnte, ohne sich gleich ein neues Teil kaufen zu müssen. Klar, einen auf Obermacker machen und dann keine Kohle haben ... war doch mal wieder typisch.

Nastassja hing derweil am Tresen rum und versuchte, den Jungs hinter der Theke die Köpfe zu verdrehen, was ihr auch gelang. Oh Mann! Ich hoffe, wenn ich erwachsen bin, bin ich nicht so bescheuert, was Frauen angeht. Den Typen hingen die Zungen bis zum Fußboden, wo Nastassja mit ihren Stilettoabsätzen drauf rumtrampelte.

Irgendwann langweilte sie sich und kam zu uns rüber. Da wir die einzigen Typen im Raum waren, die sie nicht mit Stielaugen beglotzten, wollte sie wahrscheinlich wissen, ob sie mir und Mülli nicht auch die Köpfe verdrehen konnte. Aber keine Chance. Wir waren mit unserem Programm beschäftigt, das immer noch Zahlen durchrattern ließ. Leider konnte ich es gerade nicht wegklicken oder verstecken, weil auf dem Display immer noch die Sanduhr lief. Hoffentlich checkte die Alte nicht, was wir da machten.

»Na ihr Süßen, was spielt ihr denn da?«, flötete Nastassja und streichelte uns die Nacken. Mir stellten sich alle Haare auf, aber Mülli schien's sogar zu gefallen.

Oh Backe! War ich der Einzige hier, der klar denken konnte?

Das blondierte Gift starrte direkt auf den Monitor, wo der Computer gerade im Begriff war, ihr Auto zu knacken, und kapierte original gar nix.

»Das ist ein Ratespiel«, erklärte ich mit Mut zur Wahrheit. »Dabei musst du ganz lange Zahlen erraten. Zum Glück macht der Computer das für uns.«

Man sah ihr an, dass sie das zum Gähnen langweilig fand und uns für total bescheuerte Freaks hielt. Ich glaube, sie war es nicht gewohnt, dass Typen sich in ihrer Nähe auch mal auf was anderes konzentrieren konnten als auf sie.

»Wie spannend.« Sie rollte die Augen, wandte sich ab und ging wieder Bomber nerven, der mittlerweile seine GameBox ausgepackt hatte und sie im Hinterzimmer von meinem Onkel aufmotzen ließ. Na, Gott sei Dank.

»Hey Enis, wer ist das denn?«, zischte Mülli. »Du hast mir nie gesagt, dass dein Onkel so 'ne Rakete kennt!«

Oh Junge. War ich denn wirklich der einzige Nicht-Gehirnamputierte hier? »Das ist 'ne total billige Schnalle, siehst du das nicht? Nastassja heißt die. Die bringt dir bloß Unglück, also vergiss es.«

Trotzdem glotzte Mülli ihr hinterher, als ob ihm gerade die Jungfrau Maria erschienen wäre. Mir doch egal. Jetzt machte der Rechner nämlich »Bing« – und er hatte es!

»Decodierung fertig« stand da knapp, gefolgt von einer Auswahl an Befehlen. Man konnte jetzt Bombers Auto von hier aus aufsperren, zusperren oder – was besonders gut klang – »neuen Code zuweisen«.

Na, das wär doch fein. Ich klickte kurzerhand drauf – und Bingo! Ich hatte seinen Schlüssel deaktiviert und einen neuen Code festgelegt. Ich sperrte ein paarmal seine Türen auf und zu, bloß um sicherzugehen, dass es ging. Fröhlich leuchteten die Blinker jedes Mal auf, als ob sie mir zuzwinkerten.

Mülli hatte mittlerweile kapiert, was ich da gerade machte. Nervös flüsterte er: »Ey, der Typ macht uns platt, wenn er das rauskriegt.«

Da war was dran. Vielleicht sollten wir jetzt lieber dezent 'ne Biege machen. Ich war gerade dabei, den PC auszumachen, da kam Bomber mit seiner Game-Box aus dem Hinterzimmer geschossen, als ob er's gar nicht erwarten konnte heimzukommen. Seine Schnepfe stöckelte ihm hinterher und warf uns allen Kussmünder zu, während Bomber nur kurz winkte, seine Fake-Rolex schüttelte und in der Tür schon die Autoschlüssel zückte. Lässig drückte er auf die Fernbedienung, ging zur Fahrertür und zog – aber die Tür blieb zu. Er zog noch mal. Dann piepste er noch mal. Wieder nix. Mann, sein Gesicht hättet ihr sehen sollen! Nastassja wartete ungeduldig an der Beifahrertür.

Mülli und ich sahen einander an. Wir wussten, dass es gleich ein Donnerwetter geben würde, wenn wir uns verrieten. Trotzdem konnten wir nicht anders. Wir prusteten los, dass uns die Spucke aus der Nase kam, und versuchten, uns unauffällig hinter den Monitor zu ducken.

Doch Tarkan bemerkte gleich, dass was nicht in Ordnung war. Und als sein geliebter Bomber in der Tür stand und brüllte: »Scheiße, Mann! Mein Auto geht nicht auf!«, da blitzte Tarkan uns wütend an. Er hatte den Braten sofort gerochen.

»Äh, mir fällt gerade ein, ich muss noch ganz viel Hausaufgaben machen«, entgegnete ich, immer noch heftig lachend, schnappte mein Zeug und düste los. Mülli hatte zufällig gerade denselben Einfall und rannte auf der anderen Seite vom Bomber zur Tür hinaus.

»He! Ihr Hosenscheißer! Hiergeblieben!«, brüllte der Stiernacken uns noch hinterher, aber es nutzte nichts mehr. Wir gaben Vollgas, rasten den Gehweg entlang Richtung Bahnhof und verschwanden in der Menschenmenge. Ja! Volltreffer! Pwned!

03 Game over

Zur Sicherheit verbrachten wir den restlichen Nachmittag bei Mülli. Nachdem wir die Hausaufgaben fertig hatten, zeigte er mir sein neues Race-Spiel, *Carjack*. Das war so ein Verbrecher-Spiel wie *GTA,* bei dem du sämtliche Funktionen eines echten Sportwagens simulieren konntest. Es hatte einen Spezialjoystick in Lenkerform, mit einem kleinen Schalthebel und einer Handbremse an der Konsole und sogar Pedalen am Fußboden. Es war also eher wie diese total komplizierten Flugsimulatoren, für die du irgendwie Luft- und Raumfahrttechnik studiert haben musst, um überhaupt abzuheben, nur halt einfach auf Autos getrimmt. Ich muss sagen, ich habe mir noch nie viel aus Autorennspielen gemacht, weil's immer nur darum geht, das Gas durchzudrücken und nicht von der Bahn abzukommen. Aber das hier war echt cool. Du musstest erst mal die Kupplung treten und den Gang einlegen, um überhaupt loszufahren, sonst passierte gar nichts.

Mülli hatte das Spiel seit 'ner Woche und war schon erstaunlich gut. Er konnte sogar einen Powerslide: Das bedeutet, dass du zu einer Kurve ansetzt und die Handbremse ziehst, und dann schert das Hinterteil aus, der Wagen dreht sich um 180° und fährt in die andere Richtung weiter. Das war beim Spiel echt cool, denn du warst immer auf der Flucht durch die Stadt vor den Bullen oder vor anderen Ganoven, und wenn du den Powerslide draufhattest, dann konntest du ihnen allen entkommen: Bremse rein – und in die Gegenrichtung davonfahren. Du musstest nur drauf achten, dass du nicht frontal in deine Verfolger reinknallst. Das hab ich nie geschafft, bei mir gab's immer 'ne Massenkarambolage. Aber Mülli hatte das voll drauf. Bevor wir uns versahen, waren wir schon die Chefs der Stadt und hatten mehrere Millionen Dollar verdient.

Das einzige Manöver, das Mülli in dem Spiel noch nicht draufhatte, war der »Donut«. Das ist so ein verrücktes Ding aus der Straßenrennen-Szene, wo man die Reifen durchdrehen lässt, bis es raucht, und den Wagen um die Vorderachse herumkreisen lässt. Wenn du's richtig machst, hinterlässt das einen schwarzen Kreis aus verbranntem Gummi auf dem Asphalt. Das sieht dann aus wie ein Donut, deshalb der Name. Es ist aber echt schwierig zu machen, weil man ja keine Vorderradbremse beim Auto hat. Du musst also ganz krass einlenken, dass die Vorderräder fast quer stehen, und dabei Vollgas geben. Leute, die so was in echt machen, müssen ja reichlich bescheuert sein. Allein, was das an Reifen verbraucht. Aber in dem Spiel war's total lustig, und wir haben beide abwechselnd geübt. Mülli war schon ganz gut, aber bei mir raste der Wagen immer los und knallte irgendwo in eine Wand rein. Zum Glück hatten wir abgespeichert.

Bevor wir's merkten, wurde es schon Abend draußen. Mein Handy klingelte, und ich ging ran. Ich dachte, meine Mama ruft mich zum Essen, aber es war Onkel Tarkan. Zuerst glaubte ich, er staucht mich bestimmt zusammen und erteilt mir Hausverbot oder so, aber er war total gut drauf. So gut drauf hatte ich ihn fast noch nie erlebt. »Hey, Hosensch***er, du hast dich mal wieder echt selbst übertroffen. Das Autoknacker-Ding funktioniert ja wirklich! Wir haben vielleicht geflucht hier, bis wir's kapiert haben. Du bist echt genial, weißt du das? Aus dir wird noch mal was, Junge!«

Ich starrte völlig ungläubig mein Handy an. War der jetzt irre? Normalerweise kam Onkel Tarkan nie ein freundliches Wort über die Lippen, sondern immer nur ein blöder Spruch nach dem anderen. Jetzt hatte ich auch noch seinen ach-so-tollen Bomber aus seinem ach-so-tollen Wagen ausgesperrt – und er war begeistert?! Irgendwas war hier mordsmäßig faul. Das wusste ich sofort.

»Äh ... Tarkan? Alles klar bei dir? Hast du Fieber oder so?«

»Nee, nee, aber kann sein, dass ich morgen etwas später komme. Bomber hat mich für heute Abend eingeladen, wir gehen auf die Piste.«

Aha. Daher wehte der Wind also. Tarkan war immer scharf drauf, mit Bomber wegzugehen: Weil der Bomber nämlich immer die ganzen Mädels kriegte und mein Onkel glaubte, dass das vielleicht sein eigenes Image aufpolieren könnte. Tarkan war für mich zwar der genialste Vollchecker überhaupt, aber das war ja nicht wichtig. Er wollte von diesem Bomberjackenblödmann und seinen dummen Tussis akzeptiert werden. Erwachsene sind echt bescheuert, oder?

Dermaßen geschockt, fuhr ich also nach Hause und aß mit meiner Mama noch Börek mit Ayran. Mama musste immer spät arbeiten und brachte meistens etwas vom Imbiss mit, bevor sie um halb zehn ins Bett fiel. Und heute, das sag ich euch, war ich genauso müde. Ich glaube, ich bin beim Comiclesen eingeschlafen.

Am nächsten Tag war Tarkan tatsächlich nicht im Laden. Stefan, sein zweiter Mann, führte sich auf wie der König und ließ die anderen rumfetzen. Ich beschloss, ihm aus dem Weg zu gehen und setzte mich gleich an meinen Rechner in die Ecke. Es war schon drei, als Tarkan mit dicker Sonnenbrille und aufgedunsenem Gesicht in den Laden kam. Heute war er gar nicht mehr so gut gelaunt, im Gegenteil. Ein fetter, hässlicher, hungriger Tyrannosaurus mit Kopfweh und ohne Freunde wäre dagegen ein total netter Zeitgenosse gewesen. Tarkan war noch wortkarger als sonst, aber ich konnte ihm entlocken, dass er mit Bomber bis um vier um die Häuser gezogen war.

»Ja, und – war er denn nicht sauer, dass ich seinen Wagen sabotiert habe?«

Da hellte sich Tarkans Gesicht auf, und er schien sich noch mal an seine große Stunde von gestern zu erinnern: »Doch, schon, aber dann haben wir deinen Rechner hochgefahren, und ich hab ihm gezeigt, wie's wieder rückgängig gemacht wird.«

Entsetzen machte sich in mir breit. »Wie – du hast es ihm gezeigt? Diesem Verbrechertypen?«

Tarkan starrte mich an wie ein zorniger Gott. »Du kapierst doch gar nichts. Bist halt noch zu klein. Bomber ist korrekt, glaub mir.«

Ich hatte aber ein mulmiges Gefühl in der Magengrube – leider zu Recht, wie sich im Laufe der nächsten Wochen zeigen sollte. Inzwischen habe ich gelernt, gleich auf so ein Gefühl im Bauch zu hören, denn es ist meistens richtig. Aber was sollte ich machen? Tarkan vertraute Bomber und hatte ihm eine neue Methode gezeigt, wie man Autos knackte. Das konnte ja nicht gut gehen.

Darum war ich im Grunde gar nicht erstaunt, als einen Monat später die düstere, unheilvolle Gestalt von Kommissar Kaspersky in der Tür stand und den Laden mit ihrer breiten Masse verdunkelte. Kaspersky war so ein Superhirn von der Kripo, der aussah wie dieser Alfred-Hitchcock-Typ, der immer durch seine eigenen Filme spaziert: mit Riesenbauch und Riesenschädel, als wenn sein Magen und sein Hirn zu groß für seinen Körper wären. Er hob eine Augenbraue wie eine Schleiereule und betrachtete den Laden und alle darin wie mit Röntgenaugen.

Ich wusste sofort, dass das nichts Gutes bedeuten konnte, aber versuchte, mir nichts anmerken zu lassen. Kaspersky steuerte auf mich zu wie ein behäbiger Zeppelin, raunend und brummend, während die anderen inklusive Mülli versuchten, möglichst unauffällig zu verschwinden.

»Ist das IP 144.3.8.0?«, fragte Kaspersky wie beiläufig und zeigte auf meinen Computer.

Ich hatte zum Glück schon lange das Babyfon und

so entfernt, aber die Krypto-Software hatte ich noch drauf. Oje! Lügen war zwecklos, wusste ich. Jetzt kam auch Tarkan herüber und bestätigte, ja, das war die IP-Nummer vom Computer 2000 Webserver. Wieso der Herr das denn wissen wolle ...?

»Im letzten Monat gab es eine Serie von Autodiebstählen. Die Einbrecher klauen nur edelste, teure Sportwagen, Porsches, Ferraris und Lamborghinis, ohne Spuren zu hinterlassen. Wir vermuten, dass sie mit einem Entschlüsselungsprogramm arbeiten. Und die Uni Bochum hat einen Download ihrer KeeLoq-Software auf diese IP-Nummer, ebenfalls vor einem Monat, verzeichnet. Da dachte ich, hoppla, die Adresse kenne ich doch.«

Tarkan schluckte. Ich auch. Ich sah ihn an. Unsere Blicke trafen sich, und ich konnte sehen, wie er mich mit den Augen anflehte, den Mund zu halten. Bloß nicht seinen blöden Bomber zu verpetzen. Oh Mann! Der hatte es wirklich nicht anders verdient!

Kaspersky lehnte sich ungefragt über meine Tastatur. Seine dicken Wurstfinger flogen in einem Irrsinnstempo über die Tasten hinweg, riefen das »Datei finden«-Fenster auf, tippten das Stichwort KeeLoq ein – und da erschien das verräterische Softwarepaket. Erwischt.

»Der Laden ist geschlossen«, verkündete Kommissar Kaspersky. »Die Jungs kann ich leider nicht verhaften, die sind minderjährig. Aber Sie, Herr Günsch, Sie kommen jetzt erst mal mit.«

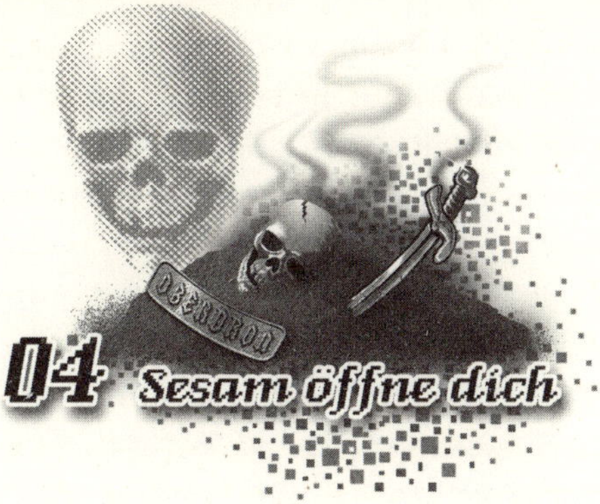

04 Sesam öffne dich

Was blieb uns anderes übrig? Wir dackelten wie die begossenen Pudel zu Mülli nach Hause, während Kaspersky und die Kripo Tarkans Laden zusperrten und meinen Onkel zum Verhör mitnahmen. Ich wusste, er würde niemals gegen seinen »guten Kumpel« Bomber aussagen, also würden sie ihn wahrscheinlich ziemlich lange dabehalten.

Ich machte mir Vorwürfe, dass ich überhaupt mit der ganzen Sache angefangen hatte. Ein Programm zum Autoknacken! Das war ungefähr so, wie wenn man einen geladenen Revolver rumliegen ließ. Und dann noch bei so einem Typen wie Bomber. Ich fragte mich mal wieder, was Tarkan bloß an dem fand und wieso er ihn nicht verpfiff.

Unterwegs versuchte Mülli, mich abzulenken, indem er mich mit seinem Lieblingsthema vollquatschte, nämlich *World of WarKraft* – diesem Online-Spiel, in das du unheimlich viel Geld und Zeit investieren musst. Ich hatte Mülli letztens geholfen, seine Spielfigur auf Level 100 zu pumpen, womit er in seiner Gilde 'ne Weile lang unangefochten der King war. Das hieß, dass alle mit ihm spielen wollten und er sich nur noch zurücklehnen und die anderen die Arbeit machen lassen musste. Das Witzige war, die dachten, er beschützt sie, dabei war es eigentlich andersrum, und sie merkten's gar nicht.

Vor Kurzem war aber einer aufgetaucht, der hatte Level 200 oder so und hieß Oberdron, und da konnte Müllis Ork Uggroll gar nichts gegen ausrichten. Auf einmal war er überhaupt nicht mehr angesagt, und die anderen wollten nur noch mit dem Neuen auf Abenteuer gehen. Mülli nahm das verdammt persönlich und beschloss, sich an dem Typen zu rächen. Ich merkte schon, er wollte meine Hilfe. *WarKraft* ist zwar echt nicht mein Spiel – so viel Zeit hab ich gar nicht und Geld erst recht nicht, aber vielleicht konnte ich mich ja ein wenig von den ganzen Problemen mit Tarkan und den Bullen ablenken. Tja, also …

»Du willst ihn also besiegen, oder was?«

»Ich möchte ihn am liebsten zerstören. Vernichten. Auslöschen!«, ärgerte sich Mülli.

»Ach so, na ja, wieso sagst du's nicht gleich? Du kannst ihn ja einfach kidnappen. Du wartest, bis er sich ausgeloggt hat, und dann loggst du dich mit seinem Namen wieder ein.«

»Ja, und das Passwort?«

»Kein Problem, das knacken wir.«

Ich erzählte ihm von der Sache mit der Wörterbuch-Attacke, bei der einfach alle bekannten Wörter und Namen aus einer Liste durchprobiert werden. Im Internet gibt es eine ganze Reihe von Passwort-Cracker-Programmen, die man sich kostenlos runterladen kann. Deshalb ist es ja so wichtig, niemals den Namen deines Hundes oder deiner Freundin oder so was als Passwort zu wählen. Außer, deine Freundin heißt d^3Zer:%K7?s› oder so ähnlich!

Bei Mülli zu Hause angekommen, schnappten wir uns also ein Programm namens »John the Ripper« und ließen es auf den Login von Oberdron bei *WarKraft* laufen. Das dauert meistens eine ganze Weile, deshalb kontaktierte ich in der Zwischenzeit den Binhexer über unseren Blog auf *hackerblog.de*. Wir schreiben uns zwar öffentlich, aber auch das verschlüsseln wir immer, damit es keiner von den anderen Crackern und N00bs lesen kann. Wie ihr euch vorstellen könnt, machen wir das hauptsächlich, um die anderen zu ärgern.

Es gibt zwar Verschlüsselungsprogramme wie PGP (»Pretty Good Privacy«), die man sich ebenfalls kostenlos runterladen kann. Wir haben uns aber selber was gebastelt. Denn wer weiß. Wenn einer so ein Programm kostenlos vertreibt, hat er vielleicht auch eine Hintertür eingebaut oder ist womöglich selber vom CIA. Also haben der Binhexer und ich ein eigenes Programm in Perl geschrieben. Das funktioniert so: Wir haben uns lauter alte Schinken runtergeladen, von Goethe und Schiller und so. Je länger, desto besser. *Krieg und Frieden* von Tolstoi war dabei oder *Verfall und Untergang des römischen Reiches* von Gibbon, das waren immerhin sechs Bände. Dieses ganze alte Zeug kriegst du online umsonst im Textformat, unter *Projekt Gutenberg* zum Beispiel. Dann haben wir ein Perl-Programm geschrieben, um in diesen Werken einzelne Buchstaben zu suchen und zu zählen. Wenn mein erster Buchstabe also ein A war, und das erste A in *Krieg und Frieden* beispielsweise an siebter Stelle kam, dann stand da statt A eine 7. Und so weiter. War ganz leicht, wenn beide dasselbe Buch hatten. Aber *ohne* dieses Buch war es unmöglich zu knacken. Denn für A konnte einmal 7 stehen und das nächste Mal 5 oder 14. Völlig zufällig. Mit dem Perl-Script ging's ratzfatz, denn wir hatten auch noch eins zum Entschlüsseln geschrieben. Das hieß, man musste nur das Programm anklicken und fertig.

Ich schrieb dem Binhexer also in der Kopfzeile die Eins rein, das war unser Code für den *Faust* von Goethe. Dann schrieb ich in mein Textfenster:

Kannst du mir helfen? Tarkan ist verhaftet worden.

und klickte auf unser Perl-Script EnKrypt. Das rechnete die Buchstaben in Zahlen um, die ich dem Binhexer schickte. Kurz darauf erhielt ich von ihm eine Zahlenfolge als Antwort, die ich mit unserem Programm DeKrypt entzifferte:

Klar, was brauchst du?

Ich versuchte, ihm mein Problem zu beschreiben, und wusste, er würde es verstehen. Wenn ich sagte, ich hatte zum Spaß eine Software runtergeladen, um Autos zu knacken, würden mir die meisten Leute einen Vogel zeigen. Aber nicht der Binhexer. Schließlich hatte er vor Kurzem einen Virus geschrieben, der einen Großteil der Rechner auf der Welt infiziert hatte, bloß weil er neugierig war, ob's geht.

Ich sah Mülli an und überlegte laut: »Tja, was brauchen wir?«

Mülli zuckte die Achseln. »Eine Fährte?«

Das war gut. Wir wussten ja, wer dahintersteckte. Ich war mir jedenfalls ziemlich sicher. Aber Bomber wohnte wahrscheinlich in seinem Auto oder bei seinen dämlichen Freundinnen oder sonst wo. Wir mussten ihn also erst mal finden. Am besten auf frischer Tat ertappen. Also schrieb ich zurück:

Wo würdest du Ferraris klauen?

Es gab eine längere Pause. Dann kam ein Link zurück:

www.kfzmeldestelle.de

Na logisch! Die Polizei musste doch Datenbanken von allen Fahrzeugen in der Stadt haben. Und wir hatten gerade einen Passwort-Cracker runtergeladen, der noch dabei war, im Hintergrund an Oberdrons Zugang rumzuprobieren. Ich ging auf die Website der Zulassungsstelle. Tatsächlich, die hatten einen Login für Mitarbeiter und Polizei, die extern nach Kennzeichen und Autos suchen konnten.

Aber wen kannten wir bei der Polizei? Mich unter dem Namen von Kommissar Kaspersky einzuloggen, traute ich mich nicht. Außerdem hatte der sicher ein schwieriges Passwort, bei dem Riesenhirn. Und sonst fiel mir keiner ein.

Da machte es Bing!, und »John the Ripper« meldete Erfolg. Das Passwort für Oberdrons Konto bei *World of WarKraft* war »Mami«! Mülli und ich sahen einander an und schrien vor Lachen los. Ohne Witz, wir kippten beide von den Stühlen und wälzten uns auf dem Teppich. Als wir uns wieder gefangen hatten, wollte Mülli gleich damit anfangen, sich an seinem Intimfeind zu rächen, doch zuerst musste ich den »Ripper« auf die Kfz-Meldestelle loslassen. Als Usernamen wählte ich – mir fiel wirklich nichts Blöderes ein – »Meier«. In der Hoffnung, dass es bei denen mindestens einen Meier gab. Dann ließ ich das Programm arbeiten und überließ Mülli den Rechner.

»Den mach ich fertig!«, gluckste er und war schneller an der Tastatur als ein Löwe an der Beute. Er loggte sich als Oberdron ein und verschenkte erst mal sein ganzes Gold und alle Waffen und Zaubergegenstände an andere. Wenigstens schenkte Mülli sie nicht seinem Ork Uggroll, das wäre sicher aufgefallen. Dann zog er sich noch nackt aus und lief unbewaffnet los, um das größte Monster zu suchen, das er finden konnte. Er ging zu einem Portal zur Unterwelt, in der die Legion der Finsternis weilte, und marschierte schnurstracks vor den Thron von Gorgoroth, Fürst der Flammenden Verderbnis. Gorgoroth war ein gefallener Titan aus glühendem geschmolzenem Gold, der unbegrenzt Zauberflüche sprechen konnte und jeden Angriff gegen seinen Angreifer drehen konnte. Gegen den sollte Oberdron jetzt nackt mit der bloßen Faust kämpfen. Level 200 oder nicht, es dauerte ungefähr zwei Sekunden und von Oberdron war nur noch ein Häufchen Asche übrig – auf dem Bildschirm erschien das gefürchtete *Game Over*. Mülli lachte sich schlapp und wollte gleich noch mal.

»Oh Mann. Ich hoffe, du wirst niemals auf *mich* sauer«, sagte ich.

»Na, wer weiß«, grinste Mülli

Da machte es auf einmal wieder Bing!. »John the Ripper« hatte ein Passwort gefunden, das zum Namen »Meier« passte. Wir waren drin! Das Passwort war »Hasso«.

»Boah! Guck mal!«, staunte ich, während ich mich durch die Suchmaske der Polizeidatenbank klickte. »Da sind alle Autos der Stadt drin. Schön geordnet nach Fabrikat, Kennzeichen, Adresse, Besitzer, alles Mögliche! Da steht sogar, ob sie als gestohlen gemeldet sind.«

Ich tippte als Hersteller erst mal »Ferrari« ein, und eine Liste von einem Dutzend Autos erschien – alle mit rotem Vermerk: Gestohlen gemeldet!

»Das gibt's doch nicht!« Mülli kriegte sich gar nicht mehr ein.

»Aber ja doch«, erklärte ich, ohne den Blick vom Bildschirm zu wenden. »Die sind alle geklaut worden! Und alle im letzten Monat.«

»Dein Bomber macht echt das fette Geschäft.«

»Er ist nicht ›mein‹ Bomber. Jetzt wart mal …« Nun tippte ich »Lamborghini« ein, und die Liste war noch kürzer. Es gab nur sechs davon in der ganzen Stadt, alle waren sie geklaut – bis auf einen. Ich rief die Adresse des letzten auf: Primelweg 24, Grünwald. Logisch, dass diese teuren Kisten alle im reichen Vorort rumstanden.

»Dann wollen wir mal den Binhexer besuchen, oder?«, grinste Mülli.

»Genau«, nickte ich energisch. »Und zwar noch heute Nacht.« Denn in dem Tempo, wie der bis jetzt vorgegangen war, würde Bomber bestimmt weitermachen. Es war wie in diesem Nicholas-Cage-Film, in dem der Typ innerhalb von 24 Stunden lauter Luxusautos klauen muss. »Wahrscheinlich hat er Angst, dass wir ihm irgendwie auf die Schliche kommen, oder so.«

»Was wir auch machen werden!«, schwor ich. Ich funkte den Binhexer – unseren Kumpel Chris – an und fragte, ob wir bei ihm abhängen können.

»Klar«, textete er per SMS zurück. Beim Anblick meines Handys fiel mir wieder meine Mutter ein. Sie freute sich zwar, dass wir einen Kumpel aus der reichen Vorstadt hatten. Schließlich wollte sie kaum, dass ich mein Leben am Hauptbahnhof verbringe. Aber sie würde bestimmt nicht wollen, dass ich unter der Woche beim Binhexer übernachte, egal was für ein guter Kumpel er war. Ich musste mir also was einfallen lassen.

Am Ende schickte ich ihr eine SMS, in der stand, wir schrieben morgen einen Test in Englisch. Ich bräuchte unbedingt Nachhilfe von meinem Kumpel Chris und ob ich übernachten dürfte, damit wir den ganzen Abend lernen könnten. Das würde ihr nicht gefallen, aber was sollte sie sagen? Sie wollte schließlich, dass ich gut in der Schule war, und machte sich sowieso dauernd Vorwürfe, dass sie nie Zeit hatte, mir zu helfen. Und wenn wir dann keinen Test schrieben, könnte ich sagen: »Hab mich wohl getäuscht, aber besser zu viel gelernt als zu wenig.« Und das Schöne an SMSen – Mama bekommt nicht mit, dass ich sie anschwindele. Beim Telefonieren merkt sie das ja immer an meiner Stimme, die hat da einen Riecher für.

Wir hatten noch die Schulsachen dabei, also könnten wir morgen von Chris aus direkt in die Schule fahren. Christophers Eltern waren total nett und freuten sich, wenn ihr Sohn mal Besuch hatte. Der hing nämlich sonst immer allein in seinem Keller-Geheimversteck rum und versuchte, von dort aus die Welt zu erobern. Wir nahmen uns noch eine Taschenlampe von Mülli mit, der einfach einen Zettel an seine Eltern schrieb. Dann zogen wir los, Diebe jagen.

Mit der Trambahn ruckelten wir durch den grünen Wald nach Grünwald raus. Die Grünwalder waren sich nämlich zu toll für eine U-Bahn. Die fuhren alle mit der S-Klasse, während die Putzfrauen und Bediensteten mit dieser uralten Bimmelbahn fahren mussten. Nachmittags war die Straßenbahn bis auf ein paar Schüler und Omis leer. An der Endstation gingen wir an den ganzen Lacoste-Trägern und Tennisklub-Typen vorbei, die uns ansahen wie den Dreck unter ihren Fingernägeln, Richtung Primelweg. Hier draußen musstest du teilweise echt weit zu Fuß latschen, bis du irgendwo hinkamst, aber der Primelweg lag zum Glück in der Nähe von Chris' Haus.

Wir gingen über die viel befahrene Hauptstraße und wussten sofort: Das war das richtige Pflaster für einen Autodieb. Unter Klassen wie Mercedes SLK, Audi R8 und BMW Z4 musstest du dich hier gar nicht blicken lassen. Dafür gab es noch mal so viele Exoten – wie Bugattis, Bentleys, BMW M-Klasse, Maybach oder Maserati. Auffälligerweise fuhren die Typen alle die richtig schnellen Sportautos, während ihre blonden Frauen alle so riesige SUVs fuhren, die sie fast nicht um die Kurve kriegten, geschweige denn einparken konnten: Audi Q7, Porsche Cayenne oder Lexus RX.

Auf dem Weg unterhielten Mülli und ich uns darüber, warum die Frauen diese Cowboy-Autos fuhren. Ich war mir sicher, dass die alle nicht Autofahren konnten und deshalb einen Panzer brauchten, damit sie sich nicht wehtaten. Mülli sah das psychologischer: Wenn ihre reichen Typen nicht jedes Mal ein Drama haben wollten, sobald sie sich den neuen Porsche kauften, mussten ihre Frauen ein Auto haben, das noch größer war als ihres. Deshalb hatten die Weiber alle diese Riesenschiffe, mit denen sie nicht umgehen konnten, und die Typen freuten sich über ihre kleinen Flitzer, mit denen sie schnell zu ihren Geliebten düsen konnten.

Wie auch immer. Wir erreichten jedenfalls den Primelweg und fanden die Nr. 24. Es war eine dieser ultramodernen weißen Villen, die aussehen wie ein Kühlhaus, hinter einer hohen Hecke versteckt. Das Einzige, was man vom Haus zu sehen bekam, war das breite Doppelgaragentor aus Kirschholz. Wenn der Typ hier seinen Lamborghini parkte, dann bestimmt nicht auf der Straße, sondern da drin.

»Sackgasse«, meinte Mülli. »Da kommt der Bomber nicht ran.«

»Denkste«, entgegnete ich zuversichtlich. »Das KeeLoq-System wird auch bei Garagenfernbedienungen benutzt.«

»Was, echt?« Mein Kumpel war baff. »Du meinst, Bomber kann auch die Garage aufsperren, wenn er will?«

»Wenn er das Signal abfängt und entschlüsselt, ja. Aber dazu müsste er hier ganz in der Nähe sein ...«

In dem Moment stutzte ich. Ein rostiger dunkelroter Kastenwagen mit der Aufschrift einer Klempnerfirma bog gerade in die Straße ein. Ich wandte mich schnell um und zerrte Mülli hinter mir her: »Komm, schnell, weg hier! Das ist er garantiert!«

»Wo denn?«, wunderte sich Mülli und wollte sich schon umdrehen, doch ich pfiff ihn zurück.

Wir schlenderten also so unauffällig wie möglich die leere Straße entlang in die andere Richtung und duckten uns, sobald es ging, um die nächste Ecke. Von dort aus spähten wir in den Primelweg und sahen, dass der Kastenwagen ein paar Meter entfernt von der Nummer 24 geparkt stand. Aber es war keiner ausgestiegen. Sehr verdächtig. Entweder, das war ein Handwerker, der die Arbeit schwänzte und ein Nickerchen machte, oder es war Bomber auf der Lauer.

»Wahrscheinlich wartet er jetzt drauf, dass der Besitzer wiederkommt«, vermutete Mülli.

Ich nickte. »Es wird ja auch bald Abend. Ich wette, die Typen hier machen keine Nachtschicht wie meine Mama.«

Also versteckten wir uns hinter einem Busch und beschatteten Bomber, der die Nr. 24 beschattete – und da sprach uns eine Stimme von hinten an.

Wir fuhren beide vor Schreck fast aus den Latschen: »Äh, was macht ihr denn da?«

Es war der Binhexer.

Frisch aus dem Ei gepellt wie immer stand er auf seinem sauteuren vollgefederten Mountainbike hinter uns. Das Mountainbike sah so aus, als ob es noch nie einen einzigen Schlammspritzer abgekriegt hätte. Der Binhexer sowieso nicht. Der hatte einen rosa Strickpulli von Benetton über die Schultern geschlungen, ein frisches minzgrünes Polohemd, weiße Designerjeans und Segelschuhe an. Er sah hier in der Gegend also total unauffällig aus. Überall sonst würde er herausstechen wie ein schwuler Marsmensch.

Das mussten wir irgendwie ausnutzen. Ich überlegte, während wir dem Binhexer die Lage erklärten. Wir wussten immerhin, wo Bomber als Nächstes zuschlagen würde. Doch was sollten wir dann machen? Wenn er es schaffte, die Garage aufzumachen und hier vor unserer Nase in den Lambo einstieg, was dann? Wir konnten ja schlecht zu dritt auf Chris' Mountainbike hinterherfahren. Und selbst mit einem Taxi hätten wir kaum eine Chance: Ein flüchtiger Autodieb in einem Lamborghini ist bestimmt schneller als jeder Taxifahrer, der seinen Führerschein behalten will.

Was tun?

Wir überlegten gerade hin und her, da piepste mal wieder das Handy. Ich antwortete gerade meiner Mama, dass ich gut angekommen war und schon mit Chris Englisch übte, da kam mir die zündende Idee: das Handy! Es hatte eine Ortungsfunktion! Das war die Lösung!

Denn das mit dem Handy funktioniert ja so: Das Handy sucht immer die nächste Funkstation und meldet sich da an. Dann weißt du auf jeden Fall *ungefähr*, wo ein bestimmtes Handy ist. Und wenn mehrere Funkstationen in Reichweite sind – wie in der Großstadt –, dann kann man die Signalstärke des Handys vergleichen und ziemlich genau feststellen, wo jemand ist. Die Polizei benutzt das manchmal, um Verbrecher zu finden, ohne dass sie's merken. Es heißt, der israelische Geheimdienst hätte einem Bombenbauer namens »der Ingenieur« sogar mal eine Rakete auf den Kopf gejagt, weil sie sein Handy orten konnten.

Als meine Mama das Handy gekauft hat, musste ich ihr natürlich beibringen, wie's funktioniert. Ich musste ihr im Grunde zeigen, wie sie mich überwachen kann. Toll. Aber das hatte den Vorteil, dass ich jetzt wusste, dass wir einen waschechten Peilsender in der Hand hatten – und wie man sich in das Ortungsprogramm einloggt. Nun war nur noch die Frage, wie wir das Teil an dem Sportwagen anbringen sollten.

Ich erzählte den anderen meine Idee. Sie erkannten gleich den Reiz und auch das Problem an der ganzen Sache.

»Ich kenn die Leute leider nicht«, meinte der Binhexer und zuckte bedauernd die Achseln. »Sonst könnt ich ja einfach klingeln. Aber mein Papa sagt immer, solche teuren Sportwagen fahren nur neureiche Proleten.«

Der hat gut reden. Sein Papa fährt einen R8. Aber egal …

Es war Mülli, der die entscheidende Idee brachte:

»Sagt mal, wir müssen das Handy doch gar nicht am Lamborghini anbringen. Was ist denn mit dem ...«

»... mit dem Lieferwagen! Jawohl! Mülli, du bist genial!«, freute ich mich. Selbst wenn der verbeulte alte Kastenwagen geklaut war, Bomber würde ihn hier niemals stehen lassen. Und wahrscheinlich würden wir ihm bis zu seinem Versteck folgen können.

Da Bomber Mülli und mich schon gesehen hatte, bekam der Binhexer die Ar***karte. Der passte hier eh besser in die Gegend, fiel sozusagen gar nicht auf. Also würde er das Handy anbringen müssen.

Wir stopften uns sämtliche Kaugummis in den Mund, die wir dabeihatten, und zerkauten sie zu einem richtig schönen, klebrigen Knäuel. Das befestigten wir an der Rückseite des Handys, nachdem ich sämtliche Klingeltöne ausgeschaltet hatte. Nicht, dass der Verbrecher das Telefon klingeln hörte und plötzlich meine Mama dranhatte.

Dann schickten wir Christopher auf seinem Mountainbike vor. Ich dachte, er macht es so unauffällig wie möglich, aber denkste. Der muss immer auffallen. Deshalb radelte er direkt auf die Fahrertür zu und klopfte ans Fenster. Mit angehaltenem Atem beobachteten Mülli und ich hinter dem Busch, wie Bomber – er war es tatsächlich! – das Fenster herunterließ und Chris anschnauzte: »Ja?«

»Sie sind doch Klempner, oder? Meine Mutter meint, ich soll Sie mal fragen, ob Sie bei uns vorbeikommen könnten, unsere Toilette ist verstopft, und jetzt läuft überall die Siffe aus und übers ganze Bad. Da bräuchten wir einen, der das wieder sauber macht, geht das?«, log Christopher und grinste Bomber fett an.

»Verschwinde! Keine Zeit!«, raunzte dieser zurück.

»Aber Sie sind doch Installateur, oder? Und Sie stehen hier nur herum, oder?«

»Hör mal zu, du Zwerg, ich werd dir gleich deinen Hahn zudrehen, wenn du hier nicht verschwindest, kapiert? Und jetzt zieh Leine!«, blaffte Bomber.

»Also so was!«, entrüstete sich Chris gespielt brüskiert. »Unmöglich!«, setzte er noch hinzu, und dann trat er wieder in die Pedale. Er umrundete den Kleinlaster, während Bomber offenkundig einfach nur froh war, ihn los zu sein und ihn keines Blickes mehr würdigte. An der Hinterseite steckte Chris das Handy in die hohle Metallstoßstange hinein, drückte es mit dem Kaugummi fest, und radelte pfeifend und zwitschernd wieder davon. Geschafft! Mülli und ich schlugen mit erhobenen Händen ein. Jawohl!

Unsere Wanze hatten wir nun platziert. Jetzt mussten wir uns nur noch auf die Lauer legen.

»Wir können zu mir gehen«, schlug der Binhexer vor. »Ich glaube, vom Dachgeschoss hat man einen freien Blick auf die Straße hier.«

Das machte Sinn. Die von Xanthens hatten nämlich so eine große weiße Villa mit viel Glas, da konnte man sicher bis hierhin sehen. Außerdem waren die total nett: Binhexers Mama Gerlinde tat den ganzen Tag nichts anderes als einkaufen, Kaffee trinken und toll aussehen, während sein Papa Friedelin immer bis acht in der Firma saß und total oft wegflog. Deshalb freute der sich auch immer, wenn er mal heimkam. Dort, wo wir wohnten, saßen die meisten Papas den ganzen Tag zu Hause im Ripphemd vor der Glotze und stritten sich mit ihren Frauen. Ich glaube, wenn meine Mama mal bei den Xanthens eingeladen wäre, würde sie gleich anfangen zu putzen. So aus Reflex. Auch wenn da eh schon alles nach Blumen und Seife roch.

Aber bei Mülli und mir war das anders. Wir legten bei von Xanthens gerne mal die Füße hoch und ließen uns von Geli (oder ihrer Haushälterin Jolanda) Kakao und Kekse bringen. Außerdem hatte Chris im Keller das totale Geheimlabor eingerichtet, mit den teuersten Banana-Computern und allem Zubehör. Sein neustes Spielzeug war ein Radioempfänger mit allen Frequenzen. Das hieß, dass er damit auch den Polizeifunk abhören konnte. Ein totaler Witz, oder? Während jedes poplige Handygespräch verschlüsselt übertragen wird, ist der Polizeifunk bei uns immer noch voll analog und unverschlüsselt. Das bedeutet, jeder Bankräuber kann seine Fahndung live im Radio mitverfolgen. Er braucht nur das richtige Radio dafür. Manchmal telefonieren die Polizisten deshalb lieber mit ihren privaten Handys, wenn's geheim bleiben soll. Wahnsinn!

Nachdem wir also ein bisschen Streifenwagengeplapper gehört hatten, schnappten wir uns eine Webcam und einen Laptop und fuhren mit dem Fahrstuhl (ohne Scherz, die haben einen Aufzug im Haus) nach oben auf den Dachboden. Dort gab es ein schräges Dachfenster, von dem aus man direkt rübergucken konnte auf das Garagentor des Primelwegs 24. Wir montierten die Webcam mit Klebeband am Fensterrahmen, sodass sie in die richtige Richtung zeigte – wobei wir etwas Papier zusammenfalten und unterlegen mussten, um den richtigen Winkel zu erreichen. Dann schlossen wir die Kamera mit einem FireWire-Kabel an den Laptop an und starteten den Video-Chat des Laptops.

Während Chris und ich die beste Einstellung für die Kamera diskutierten, rief Mülli auf einmal: »Da ist er!«

Tatsache, drüben ging das Garagentor auf. Wenn Bomber nicht ganz so blöd war, wie er aussah, war er jetzt bereits dabei, den Garagentor-Code zu entschlüsseln. Und da hörten wir ein Geräusch so laut wie ein Hubschrauber, der direkt über einem landet, und der Lamborghini Reventón bog in die Straße ein wie ein UFO im Anflug. Oder ein Stealth-Bomber. Er war nicht knallrot hochglanzlackiert wie die üblichen Sportwagen, sondern mattgrau wie ein Schatten auf dem Asphalt. Batman hätte sich darin nicht schämen müssen. Uns allen fiel die Klappe runter. Mann, war das ein Geschoss!

Mülli war der Erste, der sprach. Ehrfürchtig flüsterte er: »Das Ding kostet eine Million Euro! 350 km/h, 640 PS, 0 auf 100 in 3,4 Sekunden. Es wurden nur 22 davon hergestellt.«

Da konnte Christopher sich natürlich nicht lumpen lassen: »Der Audi R8 von meinem Papa hat auch Lamborghini-Teile. Lamborghini gehört ja zu Audi, wisst ihr? Und so viel schneller ist der für eine Million Euro auch nicht ...!«

Wir grinsten ihn bloß mitleidig an. Klar, der Wagen von seinem Papa war echt cool, keine Frage. Aber das da – das war kein Auto. Das war eine Erscheinung. Es schien sich an die Straße zu schmiegen wie ein Luftkissenboot und machte einen Sound wie ein Black-Metal-Konzert. Man hätte sich kein bisschen gewundert, wenn auf einmal Raketenwerfer und Maschinengewehre ausgefahren wären. Ein Hammerteil.

»Na, da wird Bomber nicht widerstehen können! So viel ist wenigstens sicher«, verkündete ich, während das Wahnsinnsgefährt in die Garage einbog. Das Motordröhnen ging aus, das Tor fuhr herunter, und Ruhe kehrte wieder in der Nachbarschaft ein. Wir guckten alle etwas enttäuscht, als ob man uns den Sinn des Lebens genommen hätte. Weg war es.

Da erschien Christophers Mama in der Tür und wunderte sich, was wir da am Dachflächenfenster machten. Mit leuchtenden Augen sahen wir sie an, noch ganz erfüllt von dem Anblick des Boliden. Mir war klar, dass sie nie so recht wusste, was sie von uns halten sollte, deshalb beschloss ich, ihr gleich jeden Zweifel zu nehmen:

»Das ist ein tolles Kostüm, Frau von Xanthen. Steht Ihnen echt gut«, schleimte ich.

Sie lächelte gerührt und legte ihre Zweifel beiseite: »Danke, Enis, das ist lieb. Wollt ihr zum Essen bleiben, Jungs? Jolanda macht uns Thunfischsteaks mit Trüffelkartoffeln.«

Mülli und ich fühlten schon das Wasser im Mund zusammenlaufen und nickten begeistert.

»Mama, wir wollten fragen ... können Enis und Mülli bei uns übernachten? Ich soll ihnen noch bei Englisch helfen.«

Stolz sah Geli ihren Sohnemann an und wuschelte ihm durch die Haare, was er normalerweise überhaupt nicht abkonnte. Doch in dem Fall war er bereit, es über sich ergehen zu lassen. »Aber natürlich. Ich gebe euch Bescheid, wenn das Essen fertig ist.«

Unten im Keller rief Christopher das Videobild der Garage auf, während ich den Überwachungsmodus meines Handys auf der Website der Mobilfunkfirma aktivierte. Ich konnte mir auf Google Earth die genaue

Position anzeigen lassen, konnte Binhexers Haus und das gegenüber ausmachen. Bombers Bus war natürlich nicht drauf, da die Bilder von Google Earth nicht ständig aktualisiert werden. Wo er stand, leuchtete bloß ein roter Punkt, um das Handy zu kennzeichnen.

Außerdem schlugen wir zur Sicherheit ein paar Bücher auf und taten so, als würden wir Englisch lernen, falls Chris' Mama wiederkam. Langsam wurde es jetzt aber dunkel. Das Bild aus der Webcam wurde immer schlechter.

»Was machen wir denn jetzt? So sehen wir ihn doch nicht«, sorgte sich Mülli.

Ich überlegte. »Hast du 'ne digitale Videokamera?«, fragte ich Chris und sah mir sein Materiallager an. Er wirkte fast beleidigt, als ob es ganz selbstverständlich wäre, eine tausend Euro teure Videokamera im Regal zu haben:

»Na klar, hier.«

Ich sah mir das Ding an – und tatsächlich, es hatte eine Nachtsicht-Funktion: einen Restlichtverstärker, der das Bild zwar ganz grün werden lässt, mit dem man aber ziemlich gut im Dunkeln sehen kann. Wir montierten die Videokamera auf ein Stativ, brach ten sie nach oben und tauschten die Webcam mit ihr aus. Damit war unser Problem gelöst. Das Bild schimmerte zwar jetzt und war schwarz-grün, aber wir konnten alles erkennen, obwohl die Einfahrt dunkel war.

Bald kam Herr von Xanthen heim, und Geli rief uns zum Essen. Christopher nahm einen Laptop mit und stellte ihn unauffällig so hin, dass wir das Bild ständig im Auge behalten konnten, ohne dass seine Eltern es sahen. So konnten wir ganz entspannt und in Ruhe essen, ohne ständig nachgucken zu müssen.

»Bitte, sag doch Fritz zu mir«, bat mich Papa von Xanthen gerade zum hundertsten Mal.

Wir waren in eine lebhafte Diskussion verwickelt – über die Mikrochips seiner Firma Immens AG, wo ich und Mülli letztes Mal unter etwas angespannten Umständen die Chipfabrik besichtigen durften. Und Mülli wollte alles über die Auslieferung der neuen GameBox wissen, für die sie die Teile bauten. Derweil konnte ich gar nicht aufhören zu grinsen: Ich stellte mir nämlich vor, wie Bomber in seinem miefigen Kleinlaster hockte und pappige alte Paprikachips aß, während wir hier über Thunfisch und *Crème brûlée* thronten. Das ist so 'ne Art Vanillepudding mit Zuckerguss überbacken. Echt lecker.

Nach dem Essen konnten wir also noch gemütlich im Wohnzimmer herumlungern, während Fritz sich einen Cognac genehmigte. Den Laptop immer im Augenwinkel, setzten wir uns noch eine Weile vor den Fernseher. Sie hatten Bezahlfernsehen und Bundesliga.

»Ob Bomber gerade Champions League gucken kann?«, flüsterte ich Mülli zu, und wir mussten uns das Lachen verkneifen.

Als es dann ins Bett ging, begleitete uns der Laptop auch dorthin. Er war kabellos mit dem WLAN-Netz im Haus verbunden, und darüber mit dem zweiten Laptop oben. Wir legten uns auf Matratzen in Chris' Zimmer und tauschten Gruselgeschichten aus, bis wir müde wurden. Wir beschlossen, in Schichten zu schlafen: Wer wach blieb, konnte am Computer rumsurfen. Da meldete sich Mülli gleich freiwillig für die erste Wache und loggte sich in *World of WarKraft* ein.

»Dass du aber das Garagentor im Auge behältst!«, mahnte ich und drehte mich erschöpft zum Schlafen um.

»Keine Sorge, Mann, ich hab alles im Griff«, versicherte Mülli.

Denkste. Das hätte ich ja gleich ahnen können, dass der das verpennt. Wenn Mülli anfängt zu zocken, dann ist er wie hypnotisiert. Ich glaube, als Mozart seine Arien komponiert oder Einstein seine Formeln entwickelt hat, waren sie nicht konzentrierter als Mülli auf seine Computerspiele. Jedenfalls war ich gerade in einem Traum über einen voll automatisierten Supersportwagen versunken, der mich robotermäßig durch die Welt fuhr, aber immer drohte, außer Kontrolle zu geraten.

Da rüttelte Mülli an meiner Schulter und zischte: »Enis! Wach auf! Er ist weg!«

»Was?«, schreckte ich auf und sah auf den Laptop. Ich erkannte, dass Mülli den Monitor mit lauter *World of WarKraft*-Zeug zugeballert hatte. Irgendwo in der Ecke konnte man unser Videobild erkennen. Das Garagentor stand offen, und der Wagen war weg. Mist!

Mittlerweile war der Binhexer auch aufgewacht, und gemeinsam knufften wir Mülli links und rechts, weil er so blöd gewesen war. Meine Finger flogen über die Tastatur, ich klickte alle *WarKraft*-Fenster weg und rief meinen guten alten Mobilfunkbetreiber auf. Der wollte das Passwort meiner Mama wissen, was ich zum Glück kannte. (Das werd ich euch nicht verraten, ich will doch nicht von euch geortet werden!) Dann überlegte er eine Weile. Sanduhr. Doch im nächsten Moment – erschien wieder das Bild von Google Earth. Es war die Straße, die von Grünwald in die Stadt hineinführte. Und mitten drauf – ein blinkender roter Punkt! Jawohl! Wir hatten Glück! Das war der Lastwagen. Bomber hatte einen Komplizen, der ihn wegfuhr.

»Puh, das tut mir echt leid, Jungs. Aber jetzt, wo Oberdron tot ist, will meine Gilde plötzlich wieder, dass ich ständig aushelfe ...«

»Ja, ja, ist schon gut«, wiegelte ich ab und wollte in dem Moment *echt* nichts von seinem dämlichen Spiel hören.

»Hier, ich hab eine Aufnahmeschleife gemacht«, sagte Chris und klickte im Videofenster zurück, bis er eine Stelle gefunden hatte, wo das Garagentor nicht mehr auf, sondern noch zu war. Dann arbeitete er sich wieder nach vorne. Und da war es: der Diebstahl. Grün schimmernd und etwas flackernd sahen wir das Tor aufgehen. Eine bullige Gestalt kam vom angeschnittenen Kleinlaster ins Bild, blickte sich auffällig-unauffällig um und ging zum Lamborghini, der in seiner Breite die Doppelgarage fast ausfüllte. Der Mann stieg problemlos ein, ließ den Wagen brummend an und rollte langsam und leise davon. Zwei Sekunden später fuhr der Kleinlaster ebenfalls davon. Die Besitzer hatten scheinbar nichts davon gemerkt.

Das war's. Weg war er.

»Was sollen wir jetzt machen?«, fragte Mülli gespannt.

»Wir jagen sie!«, schlug Chris vor. »Wir schleichen uns raus, meine Eltern merken bestimmt nichts!«

Klar, für ihn war das alles ein großes Abenteuer. War ja nicht sein Onkel im Knast deswegen. Dass es Leute gibt, die dir für'n Millionen-Euro-Auto die Rübe wegballern würden, war ihm wahrscheinlich auch nicht so ganz klar.

In dem Moment öffnete sich die Tür, und Herr von Xanthen blickte herein, immer noch freundlich, aber streng: »Jungs, es ist echt spät und ihr habt morgen Schule. Also jetzt schlaft bitte, okay?«

Schuldbewusst wie die kleinen Kinder klappten wir den Laptop zu und rollten uns zum Schlafen um: »Ist gut, Papa«, versicherte der Binhexer.

Mist. Jetzt waren wir hier gefangen.

Nachdem Herr von Xanthen weg war, klappten wir den Laptop wieder auf und beobachteten still und heimlich den roten Punkt, der sich immer weiter nach Nordwesten um die Stadt außen rum bewegte. Mehr konnten wir im Moment nicht tun. Denn jetzt war nicht mehr dran zu denken, dem Wagen mitten in der Nacht zu folgen. Fritz wusste, dass wir wach waren und würde uns sicher hören.

Der rote Punkt fuhr in eine Gegend, die voller Lagerhäuser, Industrieanlagen und Gebrauchtwagenhändler war, und blieb irgendwann stehen. Ich konnte nur hoffen, dass meine Mama nicht mitten in der Nacht auf die Handyortung guckte, sonst würde sie einen Nervenzusammenbruch bekommen.

»Hoffentlich sind die jetzt auch müde«, wünschte sich Mülli, dem schon die Augen von lauter Wachbleiben und *WarKraft* spielen zufielen.

»Die haben aber bestimmt keinen Papa, der sie jetzt ins Bett schickt«, ärgerte sich der Binhexer, der oft genug gar nicht wusste, wie gut er es mit seinen Eltern hatte.

»Also gut, Männer. Dann lasst uns mal schlafen. Morgen ist auch noch ein Tag.« Ich drehte mich auf die Seite und versuchte zu schlafen. Mülli fing sofort an zu schnarchen.

Am nächsten Morgen wachte ich schon um sechs auf, so angespannt und aufgeregt war ich. Ich rollte mich sofort hinüber und sah auf den Laptop, der immer noch die Ortungsanzeige auf dem Bildschirm hatte. Der rote Punkt blinkte genau an der Stelle, wo er gestern stehen geblieben war. Gott sei Dank! Sie hatten nichts gemerkt.

Christopher wachte ebenfalls auf und sah mich fragend an. »Ist noch da«, versicherte ich ihm, und er grinste:

»Die schnappen wir uns!«

»Gleich nach der Schule!«, bestätigte ich und stupste den schnarchenden Mülli an:

»Was? Wo? Wo bin ich?« Ich glaube, wenn er schläft, träumt er von Azeroth, der *WarKraft*-Welt.

Wir frühstückten Nutellabrote mit den von Xanthens, verabredeten uns mit Chris nach der Schule und verabschiedeten uns. Dann machten wir uns auf den Weg zur Tram. Es war nämlich ein weiter Weg in die Stadt und bis zur Schule. In der Tram lieh ich mir als Erstes Müllis Handy aus und rief meine Mama an, die sich natürlich schon längst Sorgen machte. Ich erzählte ihr möglichst glaubhaft, dass ich mein Telefon einem Freund von Tarkan geliehen hatte und dass ich es bald wiederkriegen würde. Was ja irgendwie auch stimmte. Der einzige Weg, den muttereigenen Lügendetektor zu überlisten, war, nicht zu lügen. Oder zumindest, möglichst nah an der Wahrheit zu bleiben. Trotzdem merkte sie meine Aufregung und hakte nach.

»Ist wirklich alles in Ordnung mit dir, Enis?«

»Ja, Mama. Alles bestens«, zwitscherte ich fröhlich, was mir problemlos gelang. Schließlich waren wir jetzt unserem Ziel ein ganzes Stück näher. Ich versprach, am Abend zu Hause zu sein und verabschiedete mich. Sie wünschte mir noch viel Glück bei dem Englischtest, den ich erfunden hatte. Ich liebe meine Mama.

Dann wählte ich die Nummer von Kommissar Kaspersky. Der hatte schließlich meinen Onkel eingelocht. Aber da ging nur die Mailbox ran. So ein Mist. Er hatte uns ausdrücklich gesagt, dass wir bei der Polizei mit ihm und nur mit ihm sprechen sollten. Klar, er war ja auch der Einzige bei dieser Kasperltruppe, der uns verstehen konnte, wenn wir den Mund aufmachten. Was nun?

»Du kannst ja einfach mal bei der Kripo anrufen und erklären, was los ist«, schlug Mülli ganz vernünftig vor. »Die haben den Diebstahl sicher schon gemeldet.«

Aber je mehr ich drüber nachdachte, desto weniger schlau erschien mir das. Ich war schließlich derjenige, der den ganzen Schlamassel losgetreten hatte, indem ich die KeeLoq-Software runtergeladen und in Betrieb genommen hatte. Jetzt saß mein Onkel in Untersuchungshaft und schützte Bomber mit seinem Schweigen, der wiederum irgendwo im Westen der Stadt vermutlich auf einem Lagerhaus voll geklauter Supersportwagen saß. Es würde doch so aussehen, als ob sie unter einer Decke steckten. Und mich würden sie wegen Beihilfe drankriegen. Das bedeutete Computerverbot, mindestens. Nein, das ging nicht. Ich musste mit Kommissar Kaspersky reden.

Ich wählte die Zentrale der Kripo – dieselbe Nummer, die der Kommissar hatte, bloß mit der »0« hinten statt der Durchwahl. Die hatten ihn heute noch nicht gesehen. Mit meinem Onkel wollten sie mich nicht verbinden. Der saß in U-Haft im Präsidium. Verdammt.

In der Schule war ich dann ganz froh, dass wir wenigstens zum Schein unsere Bücher gestern aufgeschlagen hatten. Auch wenn ich etwas früher ins Bett hätte gehen sollen. Wir schrieben nämlich wirklich einen Englischtest.

Nach der Schule holten Mülli und ich uns Dürüm, machten bei mir in der Wohnung schnell unsere Hausaufgaben, ließen unsere Schultaschen dort und trafen uns wie verabredet mit dem Binhexer am Hauptbahnhof, an der S-Bahn-Station. Er hatte einen JanSport-Rucksack an, sein einziges Kapuzenshirt und neue weiße Nikes. Er konnte seinen Abscheu vor der schmutzigen Umgebung, den seltsamen Gestalten und kaputten Pennern mit Mühe verbergen, nicht aber seine Aufregung:

»Habt ihr schon gehört? Kommissar Kaspersky ist verschwunden!«

»Was?«

»Ohne Sch…«, staunten wir.

»Ich hab vorhin noch mal Polizeifunk gehört. Der ist den ganzen Tag nicht aufgetaucht. Jetzt suchen sie ihn.«

Ach nee. Das würde zumindest erklären, warum er nicht ans Handy ging.

»Mist. Dann haben wir keinen Ansprechpartner bei der Polizei, der uns glauben wird. Mein Onkel sitzt in Untersuchungshaft, die glauben doch, wir stecken da mit drin.«

Mülli schluckte. »Glaubst du, dem Kommissar ist was …«

»… passiert? Keine Ahnung. Aber wenn er überhaupt was wusste, dann hatte er seine Infos von Tarkan. Vielleicht sollten wir den einfach fragen.«

Dem Binhexer schien das alles nicht schnell genug zu gehen. Er wollte gleich zum Punkt kommen. »Wir wissen doch, wo die Autos versteckt sind. Ich dachte, wir fahren da hin?«, drängelte er.

»Und laufen Bomber direkt in die Arme? Mann, das ist kein Tennisklub hier. Wenn der uns in einer Lagerhalle voll geklauter Autos beim Rumschnüffeln entdeckt, macht er uns platt, klar? Und wenn der Kommissar nicht auftaucht, will ich zuerst sicher sein, dass der Typ da nicht rumhängt. Vorher gehen wir da nicht rein. Vielleicht kann Tarkan ihn ja weglocken.«

»Gute Idee. Saugute Idee.« Mülli wirkte reichlich erleichtert. Der Binhexer hingegen sah enttäuscht aus. Ich glaube, wenn wir so was machen, hält er sich für Zorro, den Rächer der Enterbten. Er hatte sogar seinen Elektroschocker dabei.

Also liefen wir zu Fuß zum Polizeihauptquartier, wo Tarkan in U-Haft saß. Das Polizeipräsidium lag in einer Straße, die »Löwengrube« hieß, weshalb ich mich immer fragte, ob da irgendwelche Christen den Löwen zum Fraß vorgeworfen wurden. Die Löwengrube war gleich hinter dem Promenadeplatz mit den ganzen Banken und Versicherungen. Klar, wenn ich eine Bank wäre, würde ich auch mein Hauptquartier direkt am Polizeipräsidium haben wollen, ist doch logisch. Das Gebäude selber war ein düsterer alter Steinbau mit großen Eisentoren, Videokameras und Spiegeln außen, die Fenster alle vergittert.

Wir marschierten also direkt die Treppe hinauf zur Pforte, wo ein gelangweilter Beamter fragte, was wir wollten. Es war uns allen etwas mulmig dabei, im wahrsten Sinne in die Höhle des Löwen zu spazieren. Aber ich hatte unterwegs eine Jumbo-Pizza mit allem mitgenommen und hielt die duftende Pappschachtel vor die Panzerglasscheibe.

»Wir wollen meinen Onkel besuchen. Der sitzt hier in U-Haft.«

»Name?«

»Tarkan Günsch.«

Mürrisch guckte er auf eine Liste, drückte dann den Türöffner und maulte: »Erster Stock, Raum 101.«

Wir sahen uns an und drückten die Stahltür auf.

08 In der Grube des Löwen

»Na, ihr habt mir gerade noch gefehlt«, zischte Onkel Tarkan.

Er saß uns an einem grauen Tisch in einem grauen Besucherzimmer gegenüber und sah ebenfalls ziemlich grau aus. Meine Pizza hatte er noch nicht angerührt. Im Gegenteil: Er sah die Schachtel an, als wenn ich ihn vergiften wollte.

Also, das musste ich mir ja überhaupt nicht bieten lassen. Sollte er doch froh sein, dass wir hier waren, der Ar**h. »Du musstest ja unbedingt deinem Halbweltfreund mein KeyLoq-Tool zeigen«, schoss ich zurück, und Tarkans Blick zeigte mir, dass ich ins Schwarze getroffen hatte.

Er blickte nervös zu dem uniformierten Beamten, der uns im Besucherraum bewachte, und brummelte:

»Ist ja gut, nicht so laut. Der Kommissar hat's mir eh schon aus der Nase gezogen.«

»Wie? Du hast ihm die ganze Geschichte erzählt?« Das hätte ich nie gedacht, dass er seinen geliebten

Bomber hinhängt. Aber es gab etwas, dass Tarkan wichtiger war als dieser Typ. Nämlich sein makelloser Ruf in der Branche.

»Er hat gedroht, meinen ganzen Kunden zu stecken, dass ich und *mein lieber Neffe*« – wieder dieses schlangenartige Zischen – »da mit drinhängen. Das wäre das Aus für meinen Laden.«

An seinem Blick erkannte man: Tarkan sah sich schon für den Rest seines Lebens um sechs Uhr morgens auf dem Flohmarkt in der Kälte stehen und um Elektronikschrott feilschen, der vom Laster gefallen war. So hatte er mal angefangen. Und da wollte er auf keinen Fall wieder landen. Aber wenn das Vertrauen seiner Firmenkunden erst mal zerstört war, dann sah's düster aus. Ohne diese Leute, für die er den IT-König machte, war er aufgeschmissen. Kaspersky wusste das ganz genau und hatte meinen Onkel wohl ordentlich unter Druck gesetzt.

»Ich hab ihm gesagt, wo Bomber sein Lager hat. Der Kommissar wollte dann zuerst mal meine Geschichte überprüfen und schauen, ob da was dran ist. Seitdem hab ich ihn nicht mehr gesehen. Jetzt fühlt sich hier keiner mehr für mich zuständig, und die lassen mich in der Zelle versauern.«

»Guck mal, wir lassen dich nicht im Stich, Onkel. Jetzt iss erst mal was.«

Tarkan konnte dem Geruch von Peperoni und Mozzarella wohl doch nicht länger widerstehen, denn jetzt klappte er den warmen Karton auf, den ich ihm mitgebracht hatte. Der Wachhabende sah zwar etwas genauer hin – um sicherzugehen, dass wir ihm nicht etwa Plastiksprengstoff in Teigwarenform unterjubelten –, aber er ließ uns gewähren. Zwischen Salami-Schmatzern und triefendem Käse verriet uns Tarkan, was wir ohnehin schon wussten:

»Bomber hat sein Lager in Pasing …«

»… ja, ja, an der Landsberger Straße im Westen. Wissen wir schon.«

Tarkan starrte uns völlig ungläubig an und fragte, woher wir das wüssten. Stolz berichteten wir alle drei im Flüsterton, was wir am Vorabend erlebt hatten. Da war er erst mal baff, der Gute.

»Aber wir wollen da nicht hin, wenn Bomber auch da ist«, erklärte ich ihm dann. »Deshalb brauchen wir dich. Du musst ihn ablenken. Ruf ihn doch an und sag ihm, er soll herkommen, du müsstest ihm was Wichtiges sagen.«

Tarkan sah mich an, als hätte ich ihn gebeten, splitternackt auf die Straße zu gehen.

»Damit ich das richtig kapiere. Du willst, dass ich Bomber anrufe und frage, ob er ins Polizeipräsidium kommt, während er eine Lagerhalle voll geklauter Autos und vielleicht einen entführten Kriminalkommissar bei sich rumsitzen hat? Ich glaub, du tickst nicht richtig, also echt.«

Hm. Da hatte er auch wieder recht. So blöd würde wirklich keiner sein. Zum Glück fiel dem Binhexer eine Alternative ein:

»Dann gib uns doch einfach seine Handynummer, und wir rufen ihn an. Ich lass mir was einfallen.« Das sagte er ganz lässig. Mit dieser routiniert gottgegebenen souveränen Art, die Typen wie er nun mal hatten. Weil die gewohnt waren, alles zu bekommen, was sie wollten. Diese Masche von ihm nervte mich für gewöhnlich, aber im Moment war ich nur dankbar dafür.

Tarkan war gerade dabei, uns widerwillig die Handynummer vom Bomber zu diktieren, da schwang die Tür auf, und ein weiterer Polizist steckte den Kopf herein: »Sie sind heute beliebt, Herr Günsch. Da ist noch ein Besucher für Sie an der Pforte – ein Herr Egon Skrowonnek. Wollen Sie den sehen?«

Tarkan wurde ganz bleich und nickte. Der Beamte ging wieder. Leise und ungläubig flüsterte mein fülliger Oheim: »Das ist er.«

»Wer, Bomber?«, wunderte ich mich. Aber okay – eigentlich war es klar, dass der in Wirklichkeit so einen Spongo-Namen hatte. Sonst müsste er sich nicht hinter seinem bescheuerten Spitznamen verstecken.

Tarkan nickte. Er war sprachlos. Gerade hatten wir festgestellt, dass der nie so blöd sein würde, hier reinzuspazieren – und jetzt stand er schon auf der Matte. Irgendwie war ich fast beeindruckt von so viel blanker Blödheit.

»Öh, dem wollen wir aber nicht begegnen, oder?«, gab Mülli zu bedenken.

»Nö, nicht wirklich«, pflichtete ich ihm bei und wandte mich wieder an meinen Onkel: »Versuch, ihn so lange wie möglich hier festzuhalten. Wir fahren jetzt hin.«

Wie auf ein Zeichen standen wir alle drei auf und eilten zur Tür hinaus. Keiner von uns war scharf darauf, gesehen zu werden.

Tarkan protestierte noch: »He, nimm deinen Müll mit!«, und drückte mir die leere Pizzaschachtel aufs Auge. Typisch. Das war nun der Dank!

Der Beamte ließ uns in den Gang hinaus und blieb in dem Besucherzimmer, um auf den nächsten angekündigten Gast zu warten. Wir liefen schnell den Gang entlang Richtung Treppe, die neben dem Fahrstuhl war. Mit etwas Glück würde der faule Bomber den Aufzug nehmen und wir könnten über die Treppe nach unten verschwinden. Doch da traf auch schon der Lift ein. »Bing!«, machte es, und die Tür ging auf.

Mülli verfügt zum Glück über einen untrüglichen Selbsterhaltungstrieb: »Schnell, hier rein!«, zischte er und schubste uns in die erstbeste offene Tür. Es war eine Art Ausrüstungskammer, voll mit uralter Elektronik und Computern aus dem letzten Jahrtausend. Chris quetschte sich als Letzter hinein, zog die Tür hinter sich zu, und dann hielten wir alle erst mal die Luft an und lauschten.

Kein Zweifel, das da draußen auf dem Gang waren die schweren Springerstiefel von unserem guten Freund Bomber. Wenigstens war er kaum zu überhören, der Typ. Ich legte das Ohr an die Tür und hörte, wie er zum Besucherzimmer ging, Tarkan ihn schleimig freundlich begrüßte und die Tür dann hinter ihm zufiel.

Geschafft. Jetzt schnell weg hier, bevor uns jemand erwischte. Ich hatte echt keine Böcke, die Zelle noch mit Tarkan zu teilen.

Doch Chris starrte wie gebannt auf etwas in den Regalen mit dem Elektronikkram:

»Guckt mal, das ist der Rohde & Schwarz GA-090! Ich glaub's ja nicht! Ich versuche schon seit Ewigkeiten, meinen Vater zu überreden, mir einen zu besorgen. Aber diese Dinger haben nur die Polizei und der Geheimdienst und so.«

Mülli und ich blickten ihn an wie geklont. Wovon schwafelte der Typ?

Chris sah an unseren Blicken, dass wir keinen Peil hatten und genoss das in vollen Zügen. »Das ist ein IMSI-Catcher. Damit kann man Handygespräche abhören.«

Mülli und ich sahen einander an. Das war für ein paar Cracker wie uns einfach zu viel der Versuchung.

»Hört sich doch gut an, oder?«, meinte Chris.

»Tja, wenn wir schon mal hier sind …«, pflichtete ich ihm bei.

»Wir bringen ihn ja dann auch gleich wieder zurück«, versprach Chris.

»Dem Kommissar. Sobald wir ihn gefunden haben.«

»Genau.«

Damit war die Sache klar. Das Teil war ungefähr so groß wie ein Stereo-Verstärker, aber zum Glück nicht so schwer. Ich schob es also kurzerhand in die leere Pizzaschachtel und drückte den Deckel zu.

»Passt nicht ganz, aber was soll's«, murmelte ich. Frechheit siegt.

»Jetzt schnell weg hier«, empfahl Chris.

Wir drückten die Tür auf und marschierten im Eiltempo hinaus, die Treppe runter, freundlich grüßend am Pförtner vorbei, der nur mürrisch grummelte, hinaus auf die Straße und um die nächste Häuserecke. Dort brachen wir in unterdrücktes, aber dennoch euphorisches Gegacker aus.

»Gut gemacht, Männer«, meinte der Binhexer. »Das Ding kostet mehrere Hunderttausend Euro.«

»Upps«, schluckte ich. »Wie funktioniert das denn?«

»Der IMSI-Catcher gibt vor, ein Handymast zu sein, damit sich alle Mobiltelefone in der Gegend bei ihm einloggen.«

Unterwegs zur S-Bahn erklärte der Binhexer uns das Prinzip. Der Trick war ein Fehler im GSM-System. Wenn du mit dem GSM-Handy telefonierst, werden deine Gespräche zwar verschlüsselt, mit einem System namens A5/1. Sonst könnte ja jeder bei dir mithören. Den Code könnte man zwar knacken, aber dazu bräuchte man Zugang zum Chip.

Leider haben die Genies, die das GSM erfunden haben, zwar daran gedacht, dass das Telefon sich bei der Funkstation identifizieren muss, nicht aber andersherum: die Funkstation beim Telefon. Der IMSI-Catcher war also ein Gerät, das sich bei allen Mobiltelefonen eines Betreibers in der Umgebung von, sagen wir mal, 500 Metern, als stärkster Sendemast ausgab. Damit loggten sich alle Handys bei ihm ein, und du konntest ihnen dann befehlen, ihre Verschlüsselung abzuschalten. Dann müsstest du nur noch eine SIM-Karte von dem richtigen Anbieter haben, und der IMSI-Catcher leitete die Anrufe wie ein normales Telefon weiter an die Mobilfunkfirma. Und so könntest du unbemerkt alle Handys in einem Umkreis von einem halben Kilometer abhören.

»Cool, oder?«, prahlte der Binhexer.

»Krass«, staunte Mülli.

»Ich weiß zwar noch nicht, wozu das gut ist«, versuchte ich, die allgemeine Euphorie ein wenig zu dämpfen. »Aber okay, zu irgendwas wird es schon taugen. Denn jetzt waren wir erst mal unterwegs zur

Räuberhöhle. Das machte mir im Moment am meisten Sorgen.

Wer wusste, was uns da erwartet? »Ist vielleicht nicht schlecht, die Handys von allen bösen Buben in der Nähe abhören zu können«, gab ich schließlich zu.

Der Binhexer grinste.

09 In der Höhle der Doofen

»Siehst du wen?«

»Nein!«

»Und du, Mülli?«

»Nein!«

Mülli hatte einen untrüglichen Sinn für Gefahr, vielleicht weil er schon so oft *CounterStrike* und *World of WarKraft* gespielt hatte. Vielleicht auch nur, weil er ein bisschen ein Schisser war. Aber in einer Situation wie dieser war mir das fast lieber als so ein arroganter Schnösel – Verzeihung, Chris – wie der Binhexer. Der schien jedenfalls immer zu glauben, dass ihm nichts passieren konnte, weil sein Papi und dessen Anwälte ihn sowieso freikaufen würden, egal was passierte.

Zum Glück war keiner in dieser gottverlassenen Industriegegend, der uns sah: Wir kauerten nämlich zu dritt hinter geparkten Autos und betrachteten die Lagerhalle, die zur Adresse unserer Handyortung passte.

Der Binhexer hatte natürlich ein superteures Smartphone mit Online-Flatrate, mit dem wir hier auf der

Straße mitten im Nirgendwo ins Internet gehen konnten. Hier war nicht mal ein Bus hingefahren, und wir hatten eine Viertelstunde zu Fuß latschen müssen, aber er hatte Internet in der Hosentasche, logisch. Außerdem hatte er im Rucksack noch seinen Laptop dabei, den mit der Banane drauf, und mit dem konnte er wiederum übers Handy surfen. Er sah uns immer so mitleidig gönnerhaft an, wenn er feststellte, was wir alles *nicht* hatten, und tat dann so, als würden wir hinterm Mond leben. Also ehrlich.

Das Gelände vor uns sah nicht mehr oder weniger öde und heruntergekommen aus als die anderen umzäunten Hallengelände hier in der Gegend. Keiner ging ein oder aus. Es hatte auch keine Fenster, hinter denen man etwas hätte erkennen können. Bomber war vermutlich immer noch bei Tarkan oder sonst wo unterwegs. Aber wie konnten wir rausfinden, ob jemand anderes in der Lagerhalle war?

»Wird Zeit, unseren Zauberkasten auszuprobieren, oder?« Der Binhexer sah uns in freudiger Erwartung an.

Ich hatte immer noch den GA-090 unterm Arm. Die Pizzaschachtel hatte ich weggeworfen. Das Teil hatte zum Glück einen Akku drin, wir konnten es also hier hinter dem Auto versteckt in Betrieb nehmen. Ich legte das Ortungsgerät auf den Gehweg und blickte zu Chris.

»Willst du?«, bot ich ihm generöserweise an.

Seine Augen funkelten wie die eines kleinen Mädchens, dem man gerade versprochen hatte, dass gleich der Osterhase höchstpersönlich um die Ecke sausen würde. Aber Mülli, das Spielkind, hatte schon seine Grabscher an dem Kasten und drehte an sämtlichen Schaltern rum, bis der Kasten ein ohrenbetäubendes »KREIIIISCH!!!« von sich gab, sodass wir uns alle die Ohren zuhalten mussten.

Eine Rückkopplungsschleife. Na prima. Jetzt hatte uns jeder streunende Hund und Kater im Umkreis von zehn Kilometern gehört. Chris schoss vor und drehte den Regler wieder runter, mit bösem Blick in Richtung Mülli. Nicht nur, dass der sämtliche Verbrecher in der Nähe, die nicht total taub und doof waren, alarmiert hatte – er hatte es gewagt, das heilige Gerät anzufassen! Man sah, dass der Binhexer drauf und dran war, den Kasten zu schnappen und in Sicherheit zu bringen. Vielleicht in seinen Keller, wo er in aller Ruhe damit experimentieren und die Nachbarin bei ihren Privatanrufen belauschen konnte.

»Mülli! Oh Mann, du kannst manchmal echt ein Noob sein! Musste das sein?«

Mülli sah angesichts unserer bösen Blicke aus, als wolle er sich unters Auto verkriechen, maulte jedoch nur ein trotziges »'tschuldigung!«.

Wir straften ihn erst mal mit Verachtung und wandten uns wieder dem Wunderkasten zu. Das Gerät brauchte eine SIM-Karte des größten Handybetreibers. Damit würden wir die beste Trefferwahrscheinlichkeit haben. Chris wollte seine Karte behalten, um mobil ins Internet gehen zu können, also knöpfte er Mülli seine Chipkarte ab. Der war zwar nicht begeistert, aber er ließ sich schließlich überzeugen. Wir steckten Müllis Chipkarte in den Slot auf dem Abhörgerät und schalteten es ein.

Der Kasten fuhr hoch und meldete sich bei Müllis

Handyanbieter an. Jetzt konnte er also Telefongespräche weiterleiten, ohne dass es auffiel. Wir hörten ein leises Geräusch wie eine Handystörung und wussten, er sendet jetzt sein Signal an alle Handys in der Umgebung. Er gab sich dabei als das stärkste Signal aus, auch wenn er es nicht unbedingt war. Damit würden alle Mobiltelefone dieses Anbieters sich bei unserem Kasten anmelden. In der Kryptologie nennt man das einen *Man-in-the-Middle-Angriff*. Das heißt, man beirrt den Gegner, indem man sich dazwischenschaltet und als jemand ausgibt, der man nicht ist: ein Mittelsmann. So ähnlich wie ein Trojaner auf dem Computer oder eine gefakte Phishing-Website.

In der Stadt hätten sich jetzt viele Dutzende Handys gemeldet, und wir hätten Schwierigkeiten gehabt zu wissen, welche von unseren Verdächtigen waren und welche nicht. Hier draußen hörten wir erst einmal gar nichts.

Aber ein Piepsen kam dann doch.

Ob das unsere Kandidaten waren? Der Kasten zeigte eine Handynummer an, die wir nicht erkannten. Dann piepste er leise weiter. Vermutlich war er gerade dabei, dem Handy vorzugaukeln, dass das UMTS-Netz überlastet ist. Dann schalten die nämlich automatisch wieder auf GSM, das 20 Jahre alt ist und nicht so sicher ist. Falls es überhaupt ein modernes UMTS-Handy war. Nun sagte der Kasten dem Telefon, es soll seine Verschlüsselung ausschalten und offen senden. Das war's dann.

Dann hörten wir wieder nix. Gespannt sahen der Binhexer und ich uns an.

»Was meinst du, Enigma? Ob's geklappt hat?«

Enigma war mein Username, und ich betrachte ihn als Ehrentitel. Ich versuchte zu verbergen, dass Chris mir offenbar meilenweit voraus war, was Handytechnik anging, und nickte weise:

»Hört sich gut an.«

Tatsächlich, da hörten wir schon das Handy wählen. Der Kasten klingelte, und eine genervte Stimme ging ran. Bomber.

»Da biste ja, Baby, ich versuch dich die ganze Zeit zu erreichen.«

Und die quäkende blonde Stimme, die antwortete, war eindeutig Nastassja. Oder Verona Feldbusch.

»Also, hier hat nichts geklingelt. Ich sitze hier und warte auf dich, Bomber. Wo steckste denn?«

»Ich komm grad von dem blöden Ar**h Tarkan. Natürlich hat *er* uns diesen Bullen auf den Hals gehetzt. Der kann froh sein, wenn sie ihn nicht rauslassen. Ansonsten kriegt der es nämlich mit mir zu tun. Und wenn Radu davon Wind kriegt, dann gute Nacht.«

»Wann kommt denn dein Radu? Ich wart hier schon.«

»Ich ruf ihn gleich an. Dann komm ich, Baby. Pass schön auf, ja?«

»Ist gut, Schnuckel. Bis gleich.«

Sie machte einen ekelhaften Kusslaut, und damit war das Gespräch vorbei.

»Tarkan sollte mal hören, wie sein Freund über ihn redet«, bemerkte Mülli.

Mir war das schon vorher sonnenklar gewesen.

Dem Binhexer war das völlig egal. Er freute sich immer noch wie ein Schnitzel: »Es hat funktioniert!«, jubelte er.

»Also, was haben wir jetzt erfahren?«, versuchte ich zusammenzufassen. »Bomber hat vermutlich seine Trulle dagelassen, um aufzupassen. Scheinbar hat sie uns nicht gehört …«

»… trotz deines Pfeifkonzerts«, fuhr Chris Mülli an, der betreten guckte.

»Der Bulle, das war Kommissar Kaspersky. Und sie erwarten Besuch von einem Typen namens Radu …«

»… der sich gefährlich anhört«, gab Mülli zu bedenken.

»Und die sind beide hierher unterwegs«, meinte ich.

»Also, worauf warten wir? Wir müssen da rein, bevor sie kommen«, stellte Chris trocken fest.

Mülli und ich sahen uns an. Der Binhexer hatte recht. Jetzt oder nie.

»Aber wie kommen wir rein? Sieht verschlossen aus«, versuchte Mülli noch, sich rauszuwinden.

Doch jetzt, da Chris das so deutlich artikuliert hatte, war es mir auch klar. Wir mussten da rein. Ich schnallte mir den IMSI-Catcher mit einem Riemen um die Schulter. Den wollte ich auf jeden Fall dabeihaben. Damit konnten wir den feindlichen Funkverkehr überwachen.

Dann warfen wir noch einen Blick auf das Lagerhaus, um sicherzugehen, dass uns keiner beobachtete. Insofern war es aber ein Vorteil, dass der Bau keine Fenster hatte. Wir konnten nicht hineinsehen, aber sie auch nicht heraus. Videokameras waren ebenfalls keine zu sehen. Also los.

In unserem Alter ist man ja angenehmerweise schon einigermaßen kräftig und hat was in der Birne, aber man ist andererseits noch nicht so breit und fett wie die Erwachsenen. Wir liefen also einfach an einer unbeobachteten Stelle zum Maschendrahtzaun, hoben ihn jeweils füreinander hoch und rollten einer nach dem anderen drunter durch.

Danach sprinteten wir an die Mauer des Lagerhauses, zum einzigen Fenster, das offen stand. Es war ein Kippfenster und befand sich an einem flachen Teil des Baus – dort waren vermutlich die Büros –, in etwa zwei oder zweieinhalb Meter Höhe. Ich setzte das Abhörgerät ab, Mülli machte mir die Räuberleiter, und ich spähte vorsichtig hinein: ein leeres Büro, kein Mensch zu sehen.

Ich zog am Kippfenster, und es ging auf. Aus meiner Hosentasche holte ich mein Minitool, das ich immer dabeihatte. Damit hebelte ich die Schienen auf, die das Fenster daran hinderten, komplett aufzuklappen. Es funktionierte. Das Fenster schwang nun ganz nach außen. Der Spalt war breit genug, um sich durchzuhieven.

Von weiter weg hörte man einen Fernseher. Es war eine von diesen wahnsinnig blöden Talkshows, mit denen die Sender ihre Nachmittage füllten, bis das Abendprogramm losging. Klar, dass diese Nastassja so was guckte. Diese Tussi könnte auch in so 'ner Show auftreten, zum Thema: »Mein Freund schlägt mich, und ich liebe ihn trotzdem«, oder so was.

Mit etwas Glück würde sie uns also nicht hören. Ich blickte zu meinen Kumpels zurück, die mir zunickten. Mülli gab mir Steighilfe mit der Räuberleiter, ich klammerte mich an dem Fensterrahmen fest und zog mich hindurch. Mit dem Ergebnis, dass ich nun mit dem Oberkörper halb in das Büro hineinhing, die Beine immer noch draußen und die Hüfte auf dem Sims. Zwei Meter unter mir der nackte Betonboden, und nichts, woran ich mich festhalten konnte. IMF-Agent Ethan Hunt hätte selbst in dieser Situation sicher cool ausgesehen. Ich dagegen sah mich schon mit aufgeschlagenem Schädel auf dem Boden liegen, überall Blut und Hirnmasse. Verzweifelt griff ich nach hinten und hielt mich am Fensterrahmen fest. Da kam mir Chris zu Hilfe. Ich spürte, wie er mich an den Beinen festhielt.

»Ich hab dich! Lass dich einfach nach vorne runter«, flüsterte er hinter mir.

Es erforderte einiges an Gottvertrauen, das Fenster wieder loszulassen und mich nach unten gleiten zu lassen. Doch es funktionierte. Chris stieg hinter mir her, Müllis Räuberleiter hinauf, damit er mich an den Beinen durchs Fenster runterlassen konnte. Nun hing ich senkrecht in der Luft entlang der Mauer – aber es ging.

»Uff! Du solltest mal weniger Fastfood essen«, keuchte Chris leise. Mann, konnte der nicht mal still sein? Sonst hörte uns ja die Talkshow-Trulle noch.

Ich streckte die Hände dem Fußboden entgegen und schaffte es so in den Handstand, mit dem Gesicht zur Wand, was zwar ungewohnt war, aber nicht weiter schlimm. Dann zappelte ich ein wenig mit den Füßen, um dem Binhexer zu signalisieren, dass er loslassen konnte – ohne dass ich gleich losplappern musste! Er ließ von mir ab, und ich schlug halbwegs elegant ein Rad zur Seite, konnte vermeiden, irgendwas umzuscheppern, und stand nun aufrecht und ziemlich erleichtert in dem Raum.

Chris reichte mir jetzt seinen Rucksack mit dem

Laptop hindurch – und den GA-090. Ich nahm beides entgegen und winkte ihm dann zu, damit er mir folgte. Also ließ er sich als Nächstes durch das Fenster herunter. Ich packte ihn an den Armen und half ihm vorsichtig hinab. Endlich war Mülli dran –

– Mensch, Mülli!

Daran hatte ich gar nicht gedacht. Wie sollte der es ohne Räuberleiter da raufschaffen?

Ich wollte ihm schon was zuflüstern, da erschien sein rotblonder Schopf bereits im schmalen Fenster, und er grinste uns an. Mülli hatte Anlauf genommen, war gegen die Wand gesprungen und hatte sich zum Fenster raufkatapultiert. Mann, nicht schlecht! Seine legendäre Koordination beim Videospielen schien sich auch auf den Rest seines schlaksigen Körpers zu erstrecken. Chris und ich halfen ihm kopfüber runter, wobei er unangekündigt sogar einen Flip vor uns ausführte und ninjamäßig auf den Füßen landete. Er strahlte uns stolz an.

Trotzdem waren wir nicht bereit, sein Pfeifkonzert von vorhin zu verzeihen. »Bloß nichts anfassen!«, warnte ich ihn, und sein Lächeln verschwand.

10 Der Millionenfuhrpark

»Hey, das Ding kenne ich doch von irgendwoher.«

Bomber war fleißig gewesen. Scheinbar hatte Tarkan ihm den ganzen Abend lang erklärt, wie das Autoschlüsselsystem funktionierte:

Auf dem Schreibtisch in dem kleinen Büro stand ein Laptop mit unserer KeeLoq-Software drauf. Offensichtlich hatte Bomber eine komplette Codierungsanlage für Schlüsselanhänger aufgebaut, mit PC und lauter Dummy-Schlüsseln, die er nun »anlernen« konnte. Als Funksender benutzte er sogar genau dasselbe Babyfon, das wir hatten! Oh Mann, der Typ war echt zu blöd zum Selberdenken.

Ich sah mir die Schlüssel an, legte sie aber erst mal wieder zurück auf den Haufen. Nicht, dass jemand merkte, dass wir hier gewesen waren!

Mülli schaute mir interessiert dabei zu. Auf allen Schlüsseln klebten kleine gelbe Zettel: mit der Marke und dem Kennzeichen. Viele Marken kannte ich nicht einmal. Die Kennzeichen waren hauptsächlich aus unserer Stadt, ein paar waren jedoch von weiter weg. Bomber war *echt* fleißig gewesen!

Von nebenan hörten wir immer noch den Fernseher plärren, aber jetzt tönte auch die schrill näselnde Stimme von Nastassja zu uns rüber. Hatte sie Besuch, brüllte sie nur den Fernseher an – oder hatte sie uns etwa gehört?!

Wir erstarrten alle ein paar Sekunden lang, aber als niemand ins Zimmer gestürzt kam, machten wir uns wieder locker.

Ich blickte vorsichtig in den nächsten Raum. Durch eine Fensterwand getrennt, konnte ich sehen, wie die Trulle sich die Nägel lackierte, Vorabendprogramm guckte und lauthals telefonierte. Ich drehte den IMSI-Catcher wieder auf, und tatsächlich, man konnte das ganze Gespräch zwischen ihr und ihrer Freundin verfolgen. Nicht, dass sie irgendwas Wichtiges zu sagen hatten. Aber so konnten wir die Alte im Auge bzw. im Ohr behalten.

Prima.

Die würde wahrscheinlich erst aufmerksam werden, wenn Dieter Bohlen vor ihr in Bermudashorts den Lambada tanzte. Wir konnten uns also in Ruhe umsehen – zumindest bis Bomber wieder aufkreuzte. Unser Büro war eine Sackgasse, doch im nächsten Raum vor der Glastrennwand führte eine kleine Stahltür Richtung Lagerhalle. Wir duckten uns und schlichen dort hin.

Doch es war hier schon eine Weile lang nicht mehr durchgewischt worden. Klar, Nastassja hatte ja auch jeden Tag einen Termin mit *Vera am Mittag*. Meine Mama hätte den Dreck hier keine Sekunde lang ausgehalten. Jedenfalls wirbelten wir jede Menge Staub auf, der Mülli in die Nase stieg. Ich konnte sehen, wie ihm die Nasenflügel juckten, seine Nüstern sich blähten, und er drauf und dran war, volle Kanne loszuniesen.

Was blieb mir anderes übrig? Ich hielt ihm den Mund zu und presste ihm die Nasenlöcher mit der Hand zu, so fest es ging. Seine Backen blähten sich und seine Augen quollen heraus wie bei einer Comicfigur, aber der Nieser blieb drin. Heraus kam nur ein ganz leises Pupsgeräusch. Da mussten wir alle drei fast losbrüllen. Doch wir hielten mit Mühe und Not die Luft an und lauschten. Ich hätte mein Herz angehalten, wenn ich gekonnt hätte. Hinter der Glastrennwand plapperte Nastassja immer noch fröhlich mit ihrer Freundin weiter.

Ich winkte die anderen beiden zur Metalltür. Alle drei schlichen wir uns geduckt hin und warteten auf eine günstige Gelegenheit. Als die Werbepause begann, wurde der Fernseher schlagartig lauter. Das war unsere Chance – wir mussten jetzt sofort raus hier, bevor die Tante auf die Idee kam, sich was vom Kühlschrank zu holen. Ich zog die Tür einen Spalt auf und wir huschten alle hindurch, in einen großen, dunklen Raum. Es war die Lagerhalle.

Und dort, im Schummerlicht der fensterlosen Halle, sahen wir den wundersamsten Anblick, meine Freunde, den man sich vorstellen kann: eine Luxusautosammlung vom Allerfeinsten, nur allererlesenstes Fahrwerk, bei dem Mercedes und BMW noch die untere Liga darstellten. 25 oder 30 superteure geklaute Sportautos, fein säuberlich aufgereiht in drei Reihen –

Porsches, Audis, Ferraris, Lamborghinis, so weit das Auge sah. Man konnte zwar nicht alle erkennen, aber immerhin sahen wir neben den üblichen Verdächtigen auch Exoten wie Maserati, Bugatti, Lotus und Pagani. Bingo. Unseren Lamborghini Reventón entdeckte ich auch. Der rostige alte Installateurs-Lieferwagen stand ebenfalls da und sah ziemlich fehl am Platz aus. Da hatten wir unsere Beweise.

Mülli schritt die Reihen der Nobelboliden ab, als befände er sich im Startmenü seines Lieblingsrennspiels und könnte sich gerade seine Karosse für LeMans aussuchen. Er schien über beeindruckendes Fachwissen zu verfügen, was die einzelnen Modelle anging:

»BMW Z8, 400 PS, 4,7 Sekunden auf 100, Höchstgeschwindigkeit 304 km/h. Audi R8, 525 PS, 3,9 Sekunden auf 100, fährt 316 km/h. Porsche Carrera GT, 612 PS, 3,9 Sekunden, 334 km/h. Mercedes SLR, 625 PS, 3,7 Sekunden, 334 km/h. Ford GT, 550 PS, 3,9 Sekunden, 340 km/h, das wird ja immer krasser …«

Mülli hörte sich so an, als spiele er mit sich selber Quartett.

»Boah, ist ja Wahnsinn!«, stieß er hervor. Ich musste ihn vor lauter Auto-Euphorie mit einem »Psst!« daran erinnern, dass wir uns gerade hinter feindlichen Linien befanden.

»Guckt euch die dahinten mal an! Das da ist ein Enzo Ferrari, davon gibt's nur 30 oder so. Schumi hat einen davon. Und das da ist ein Bugatti Veyron, der hat 1000 PS und fährt 400. Der war bis vor Kurzem das schnellste Straßenauto der Welt!«

»Da kostet jedes von denen über eine Million Euro!«, staunte Mülli, während wir alle drei kurz mal ausrechneten, wie viel Geld Bombers kleine Autosammlung hier wert war. Au Backe. 20 Millionen standen da locker mal rum.

»Woher weißt du das alles bloß ...?«, wunderte sich Chris. »Wir fahren selber so einen, und nicht mal ich weiß so viel drüber!«

»*GTR*, *DTM*, *Grand Theft Auto*, *Need for Speed*, ich hab sie alle gespielt. Ich wette, ich könnte so 'ne Kiste selber fahren, wenn man mich ranlassen würde.«

Sofort klingelten bei mir alle Alarmglocken: »Oh nein, Mülli, vergiss es! Wir werden jetzt hier keine Spritztour machen! Beweise sammeln und los, klar?«

Mülli zuckte zögerlich mit den Schultern. Er sah aus wie ein Kind, dem man den Lolli weggenommen hatte. Christopher zückte sein Handy und knipste gleich mal drauf los. Doch wem bei der Polizei sollten wir die Fotos schicken? Wo könnte unser Kommissar Kaspersky bloß stecken?

»Rufen wir doch mal den Kommissar an«, schlug Mülli vor. »Vielleicht ist er ja inzwischen schon wieder erreichbar.«

»Oder vielleicht steckt er hier irgendwo im Kofferraum«, murmelte ich. Während Chris die Nummer von Kommissar Kaspersky aufrief, ging ich zum Transporter und fischte mein Handy hinter der Stoßstange hervor. Die Kaugummireste ließen sich wahrscheinlich nie wieder entfernen, doch ein Blick auf das Display zeigte, dass sonst alles in Ordnung war. Da hörte ich ganz in der Nähe ein Klingeln, zeitgleich mit Chris' Anruf beim Kommissar! Kaspersky hatte ein anderes

Netz, deshalb war er nicht auf unserem Scanner aufgetaucht. Aber er war hier gleich nebenan – oder zumindest sein Telefon! Ich folgte dem leisen Klingeln zu dem bulligen Ford Mustang. Der Ford stand auf einer Werkstattgrube, in der die Mechaniker am Unterboden arbeiten können.

Am einen Ende führte eine Treppe nach unten, und auf der Treppe lag tatsächlich das Handy und bimmelte vor sich hin. Ich winkte Mülli, wieder aufzulegen, bevor uns jemand hörte, und dann sah ich in die Grube hinab. Dort, mit Klebeband auf dem Mund und mit Handschellen an die Vorderachse gekettet, blitzte mich der Kommissar an! Sie hatten das Handy in die Nähe, aber außer Reichweite gelegt, nur um ihn zu ärgern! Ich riss mich zusammen, um nicht loszulachen.

Der Binhexer konnte sich dagegen nicht zurückhalten. »Herr Kommissar! Sie hängen ja wirklich an diesem Wagen!«, grinste er. Wenn Blicke töten könnten, würde sich Christopher von Xanthen jetzt die Gänseblümchen von unten anschauen, das schwör ich dir. Ich eilte in die Grube und nahm Kaspersky mit einem *Ratsch!* das Klebeband vom Mund. Doch statt sich zu bedanken, schien der Kommissar uns die Schuld zu geben, dass er sich in dieser Situation befand. Er ließ eine geflüsterte Schimpftirade in unsere Richtung los, die ich hier lieber nicht wiedergeben will, sonst dürftet ihr dieses Buch erst lesen, wenn ihr 18 seid.

Ich versuchte, ihn zu beschwichtigen, indem ich ihn ablenkte:

»Wie sind Sie denn überhaupt hier gelandet? Wir haben Sie schon überall gesucht! Bei der Polizei hört ja sonst keiner auf uns.«

Der Kommissar schien fast dankbar zu sein, seine Wut auf weitere Opfer ausdehnen zu können: »Das war ein Tipp von deinem nichtsnutzigen Onkel. Aber ich wollte mir das selber ansehen, bevor ich mit einem SEK-Zug reinstürme. Nächstes Mal werde ich mir das zweimal überlegen. Ich war gerade dabei, das beeindruckende Lager mal genauer unter die Lupe zu nehmen, da hat mir jemand ein Radkreuz über den Kopf gezogen, und hier bin ich dann aufgewacht.«

Ungefähr so hatte ich mir das vorgestellt. »Wenigstens ist Ihnen nichts Schlimmeres passiert«, hielt ich dagegen.

Der Kommissar war nicht wirklich besänftigt, aber die Tatsache, dass wir uns ernsthaft Sorgen um ihn gemacht hatten, schien ihn tatsächlich zu beeindrucken.

»Also, jetzt macht mich erst mal los hier. Hat jemand die Handschellenschlüssel gesehen?«

»Nee, bloß Autoschlüssel im Büro.«

»Moment mal. Ich hab mal gesehen, wie man das macht«, meinte Mülli und eilte zu den Büroräumen zurück. Hoffentlich musste er nicht wieder niesen.

Eine Minute später kam er mit einer verbogenen Büroklammer zurück. »Das hab ich in irgendeinem Film gesehen«, erklärte er.

Na prima. Mülli meinte wahrscheinlich diese Filme, wo die Typen dauernd im Handumdrehen ein Auto kurzschließen. Ich hab mal die Anleitung gegoogelt, wie das geht, und glaub mir, das ist echt nicht so einfach.

Jetzt stand Mülli auf Zehenspitzen direkt vor dem Kommissar und popelte mit der Büroklammer in dem

Schüsselloch der Handschellen herum. Man sah dem Kommissar an, dass er nicht begeistert war, diesen pickligen Jugendlichen vorm Gesicht zu haben. Aber er ließ es geduldig über sich ergehen, die Hände immer noch an die Lenkachse des Ford Mustang gekettet.

»Irgendwie ging das im Film einfacher«, stöhnte Mülli, doch er gab nicht auf.

»Diese Mistkerle haben mir nicht nur das Handy, sondern auch meinen ganzen Schlüsselbund und die Handschellenschlüssel abgenommen«, stöhnte der Kommissar. »Ach ja, das Handy. Bring doch mal her, Junge, dann können wir gleich im Revier anrufen ...«

Ich brachte ihm das Telefon, mit dem wir ihn gefunden hatten. Momentan konnte er nicht viel damit anfangen. Also rief ich sein Telefonbuch auf und wollte gerade fragen, welche Nummer ich wählen sollte, da machte es *Klick*, und Mülli öffnete die rechte Handschelle. Erleichtert schüttelte der Kommissar seine Hand aus und nahm mir das Handy ab. Er wollte gerade wählen ... da piepste auf einmal der IMSI-Catcher an meiner Seite. Plötzlich tauchten unglaublich viele Handys hier in der Nähe auf und meldeten sich bei unserem Kasten an. Da waren ganz schön viele Leute im Anmarsch, wie es schien.

Kaspersky bemerkte jetzt auch zum ersten Mal den Kasten und kapierte sofort, was es war:

»Sagt mal, wo habt ihr den denn her?«, zischte er zornig.

»Von der Polizei.« Chris zuckte mit den Achseln. »Wieso? Ist doch für einen guten Zweck.«

»Ja, damit haben wir Sie gefunden. Und wir bringen ihn auch zurück«, erklärte ich scheinheilig.

Widerwillig schien er sich darauf einzulassen. Er wollte gerade wieder wählen, aber wir mahnten ihn zur Ruhe. Uns war klar, es würde hier gleich ganz schnell ungemütlich werden. Da wollten wir den Kommissar nicht im Gespräch mit irgendeinem tumben Untergebenen haben. Stattdessen duckten wir uns alle tiefer in den Graben und blickten gespannt zur Tür.

Klack machte es, und die große Hallentür schwang auf. Da draußen in der Dämmerung standen Bomber und ungefähr zwei Dutzend Mafia-Schläger-Typen, die aussahen wie frisch aus dem Balkan-Krieg angereist. Manche von ihnen hatten tatsächlich Kalaschnikows und Maschinenpistolen um. Andere sahen so aus, als bräuchten sie gar keinen Waffen, um jemanden kaltzumachen. Die brauchten nur fies zu gucken.

Wir starrten einander an. Oh Mann, wir saßen ganz schön in der Sch**ße.

11 Ali Bomber und seine 40 Schläger

Klack machte es und ich hatte den Kommissar wieder an den Querlenker des Mustangs gekettet. Er und Mülli gafften mich völlig verdattert an.

»Was machst du da?«, zischte Kaspersky erbost.

»Tut mir leid, Herr Kommissar, aber die werden sicher als Erstes nach Ihnen schauen wollen. Und wenn Sie nicht mehr hier sind, dann schlagen sie Alarm, und wir haben 20 Gorillas am Hals. Also bleiben Sie schön hier und lassen sich nichts anmerken, ja?« Ich versuchte, ihm aufmunternd zuzuzwinkern, doch irgendwie klappte es nicht so richtig. Dann klebte ich ihm wieder den Mund mit dem Klebeband zu und legte sein Telefon dahin, wo wir es gefunden hatten. Ich war mir sicher, irgendwann würde er einsehen, dass es keinen anderen Weg gab. Oder auch nicht.

»Kommt, Jungs! Weg hier, sonst sitzen wir in der Falle«, drängte Chris uns. Ich fragte mich, ob er mehr Angst vor der waffenstarrenden Mafiabande oder um seine neuen weißen Turnschuhe hier in der ölverschmierten Mechanikergrube hatte.

Auf jeden Fall verabschiedeten wir uns alle freundlich vom gefesselten und geknebelten Kommissar und krochen dann durch den Spalt zwischen Grube und Fahrzeug auf der Seite hinaus, die die Bösen vom Tor aus nicht sehen konnten. Wir mussten uns beeilen, denn sie reihten sich schon auf wie die Soldaten beim Appell. Würden sie gleich ausschwärmen und nach uns suchen?

Wir verschanzten uns hinter einem dicken BMW M6, der hoffentlich mehr Sichtschutz bot als die anderen, extrem flachen Autos. Dann lugten wir durch die Kabine hindurch, in der Hoffnung, dass sie uns durch die Scheiben nicht sofort sehen würden. In der Tür stand Bomber neben einem eleganten Killertyp mit einer langen Narbe im Gesicht, einer Designer-Leder-Baseballjacke und teuren Halbschuhen. Er hatte eine nervöse Energie, wusste aber offensichtlich, was er wollte, und war ganz klar der Chef hier.

»Radu?«, spekulierte Chris, und ich nickte.

Radu rief mit einem osteuropäischen Akzent zu seinen Männern:

»Also, Leute, ihr wisst, was zu tun ist. Jeder schnappt sich ein Auto. Bomber hier verteilt die Schlüssel nach dem Losverfahren, und ich will kein Gemecker hören, wer welches Auto fährt. Schön unauffällig mit 50 km/h bis zum Stadtrand, kein Aufsehen erregen, keine roten Ampeln überfahren, verstanden? Dann werfen wir uns auf die Autobahn und geben Vollgas – bis zum Frachthafen Konstanza in Rumänien. A8 bis Salzburg, A1 bis Bratislava, M5 durch

Ungarn, durch Rumänien auf der DN6. 1700 Kilometer, alles EU, keine Grenzen. In Konstanza werden die Autos auf Schiffe verladen und übers Schwarze Meer nach Turkestan gebracht, wo ein paar lustige Ölmillionäre mit Hang zum Geldausgeben schon gierig darauf warten.

In Rumänien bekommt ihr euer Geld, ich kümmere mich um alles Weitere. Bis dahin heißt es, wer bremst, verliert. Also Augen zu und durch. Und vergesst nicht, die Polizei hat längst nicht so viel PS wie ihr. Also, wenn sie euch anhalten wollen, Gas geben und weiter. Es sind zwei Dutzend von uns unterwegs, da können sie nicht mal mit Hubschraubern alle fangen. Wenn einer doch angehalten wird, weiß er von nichts. Ihr habt ja den Schlüssel, gefälschte Papiere sind im Handschuhfach, und wenn doch einer auffliegen sollte, hole ich euch in ein paar Monaten wieder raus, das verspreche ich. Aber den Anwalt zieh ich euch von der Kohle ab, also wär's besser, wenn ihr euch nicht erwischen lasst. Alles klar? Gibt's noch Fragen?«

Die Jungs und ich sahen einander an. Gleich würde hier die Hölle losbrechen – wenn alle in die Autos stiegen. Außerdem wären dann unsere ganzen schönen Beweismittel für die Unschuld meines Onkels mit 300 Sachen auf der Autobahn unterwegs. Und unsere Deckung würde uns auch gleich vor der Nase wegfahren.

»Was sollen wir tun?«, fragte ich flüsternd in die Runde. Ich bin auch immer offen für einen guten Vorschlag, ganz ehrlich.

Der Binhexer nestelte ein wenig an seinem Elektroschocker herum, aber traute sich doch nicht, damit gegen zwei Dutzend schwer bewaffneter Mafiosi vorzugehen. Womit er auch recht hatte.

Mülli meinte: »Na ja, ich hätte da schon eine Idee. Aber du willst ja nicht, dass ich Auto fahre ...«

Ich starrte ihn an: »Was denn für eine Idee?«

Er druckste ein wenig rum. Dann sah er mich an und holte aus der Hosentasche einen der Autoschlüssel, die Bomber programmiert hatte. Er hatte einen eingesteckt, die Ratte!

»Du hast zwar gesagt, ich soll nichts anfassen, aber ich dachte mir, vielleicht ist das noch mal ganz nützlich.«

»Welcher ist es denn?«

»Das ist der Lamborghini. Du weißt schon.«

Obwohl wir alle total Schiss hatten, stieg doch eine spürbare Begeisterung in uns auf, als wir daran dachten, wie der Lamborghini sich angehört hatte.

»Und du meinst echt, du kannst so was fahren?«

»Na ja, die Kupplung ist etwas schwierig bei den Lambos. Du musst ein bisschen Gas geben, aber nicht zu viel, sonst stirbt er dir beim Losfahren ab. Das wär peinlich. Aber das hab ich auf der Konsole geübt, ja.«

»Na, da sind wir ja mal gespannt.«

Mittlerweile hatte Bomber die Schlüssel aus dem Büro geholt und in einen Beutel getan. Seine Ganoven ließ er blind jeweils einen Schlüssel ziehen, und jeder durfte sich dann sein Auto suchen. Gleich würden sie sich in der ganzen Halle verteilen.

»Nichts wie weg hier!«, zischte ich. Zum Glück war der Lamborghini nicht zu weit von uns entfernt. Wir schlichen uns hin, Mülli drückte auf den Piepser, und es machte *Klick*. Die Türen waren auf.

Würde es auffallen, wenn ein Schlüssel fehlte? Aber das war egal. Ich sah sowieso keine andere Möglichkeit. Wir warteten ein bisschen, bis die ersten Fahrer begannen einzusteigen, und zogen dann am Griff, der oben in die Türkante eingelassen war. Ein Glück, dass wir gewartet hatten, denn die Tür an diesem Ding klappte nach oben auf wie ein Schlagbaum. Das war so auffällig wie noch was.

Wir stiegen alle zur Beifahrertür ein, die von den Gaunern abgewandt war. Mülli rutschte auf den Fahrersitz rüber und strahlte wie der König der Welt. Ich stieg hinter ihm ein und staunte, dass der Binhexer mir den Vortritt ließ. Schnell wurde mir klar, warum. Das Ding war ein Zweisitzer, und ich musste auf der Mittelkonsole Platz nehmen. Was für einen kräftigen Jungen wie mich keine Leichtigkeit darstellte. Chris stieg hinter mir ein und klappte die Tür hinter sich zu. Wir waren drin. Jetzt hieß es nur noch beten und hoffen, dass keiner was merkte.

Draußen hatte Bomber alle Schlüssel verteilt. Ganz so zufällig wie versprochen war die Verteilung wohl nicht gewesen, denn der Anführer Radu ging zielstrebig zum Bugatti, dem schnellsten und teuersten Fahrzeug in der Halle, als wenn das schon arrangiert gewesen wäre. Na, kein Wunder. Ein Auto für 1,5 Millionen Euro würd ich auch nicht jedem in die Hand drücken.

In dem Moment merkte Bomber, dass er leer ausgegangen war. Ein Schlüssel fehlte, nämlich unserer. Jetzt wurde es kritisch.

»He, und was ist mit mir?«, beschwerte sich Bomber.

Radu hatte es aber offenbar eilig loszukommen und

wenig Geduld für diesen Trottel: »Hast dich wohl verzählt, was? Aber wir haben keine Zeit mehr. Du hast diesen Kommissar auf unsere Fährte gelockt, also muss es schnell gehen, bevor seine Kollegen auftauchen. Du kannst ja hierbleiben, und ich schick dir dein Geld.«

Das schien Bomber nicht zu gefallen. Er lief Radu hinterher und wollte ihn am liebsten festhalten. Doch er traute sich nicht, den Narbentypen anzurühren.

»Was, und ihr verschwindet damit nach Asien? Niemals. Ich will mein Geld!«

»Dann kannst du bei mir mitfahren. Wenn du die Klappe hältst. Sonst verpass ich dir 'ne Kugel in deine blöde Birne und schmeiß dich unterwegs raus, kapiert?«

Bomber schluckte und schwieg.

»Und jetzt hol deinen Freund, den Kommissar. Der kommt mit, sonst nagt der sich noch den Arm ab und verpfeift uns.«

Wir sahen also zu, wie Bomber den Kommissar aus der Grube holte und in den Kofferraum des Mustangs sperrte. Das war fast das einzige Auto mit einem Kofferraum, in den mehr als ein Aktenkoffer passte, geschweige denn ein ganzer Kommissar. Der würde es ganz schön eng haben da drin. Gefahren wurde der bullige PS-Bomber von einem noch bulligeren Boxertypen mit mehrfach gebrochener Nase. Na, viel Spaß, Herr Kommissar.

Nach und nach gingen die Motoren an, und ein ohrenbetäubendes Dröhnen erfüllte die Halle. Das war aber gar nichts im Vergleich zu dem Geräusch, als Mülli den elektronischen Schlüssel drückte und den

Reventón anließ. Direkt hinter meinem Hirn bebte und röhrte es, als hätte ich den Kopf in einen Düsenjet gesteckt, und mein Schädel rüttelte so sehr, dass meine Ohrläppchen und Nasenflügel vibrierten. Ich musste den Mund öffnen, denn ich hatte Angst, dass meine Zähne sonst den Zahnschmelz abklappern würden.

Die Braut Nastassja ließ es sich nicht nehmen, im Boxenluder-Minirock und Stöckelschuhen zum Tor zu staksen, mit einer karierten Fahne in der Hand zu schwenken und allen Kussmünder zuzuwerfen. Sie ließ die Fahne nach unten sausen, und die ersten Wagen in der Reihe schossen mit einem markerschütternden Dröhnen nach draußen.

Es ging los.

12 Die Karawane zieht weiter

Der erste Wagen war der Bugatti mit Radu und Bomber. Danach schälte sich ein Supersportwagen nach dem anderen aus der Reihe und startete zum Tor hinaus. Wir warteten, bis wir fast die Letzten waren, und Mülli fuhr dann ganz vorsichtig an.

»Das ist zum Glück der ohne Kupplung«, sagte Mülli und verwies auf einen Hebel am Lenker, mit dem man ohne zu kuppeln schalten konnte. »Ich weiß nicht, ob ich das geschafft hätte, ohne mich zu blamieren.«

Das Cockpit des Reventón war spektakulär. Ich konnte gar nicht erkennen, was die Instrumente überhaupt zu bedeuten hatten. Es sah wirklich eher aus wie die Instrumententafel eines Stealth-Bombers als das Armaturenbrett eines Autos. Zum Glück hatte Mülli den Wagen bei *Need for Speed* schon bis zum Umfallen gefahren.

»In der Mitte zeigt er die Beschleunigungskräfte in G an, nach vorn und zur Seite. Links sind die Umdrehungen auf den Gang bezogen. Und rechts stellt er die Geschwindigkeit optisch auf einem Straßenverlauf dar.«

»Abgefahren.« Ich hatte echt Glück, dass wir die Automatikversion erwischt hatten, denn ich hatte sowieso kaum Platz auf der Mittelkonsole. Wenn da noch ein Schaltknüppel gewesen wäre, wär's eng geworden. Einen Sitzgurt hatte ich auch nicht.

»Äh, Mülli – fahr vorsichtig, ja?«

»Klar«, grinste er, richtete den Lenker auf das Tor und gab Vollgas.

Ich dachte, mein Hirn explodiert. Die Reifen quietschten, rauchten und drehten durch, der Motor hinter meinem Hirn lärmte los, dass mir fast schwarz vor Augen wurde, und ich wurde in meiner unbeholfen unbequemen Stellung gegen die Rückwand platt gedrückt, während die Halle und die ganze Welt um uns rum immer schneller an uns vorbeiraste wie bei einem Hyperspace-Sprung im Raumschiff. Ich sah nur noch Nastassjas erstauntes blondes Gesicht. Sie starrte uns drei an –

– sie hatte Mülli und mich erkannt!

Schon stöckelte sie los, in Richtung Büro, wo sie vermutlich ihr Handy hatte. Aber sie durfte Bomber auf keinen Fall erreichen!

»Chris, dreh den IMSI-Catcher auf«, sagte ich ihm, während Mülli sich brav hinter der Karawane von Sportwagen einreihte. Aus meiner unbequemen Haltung konnte ich ja nichts erreichen. Der Binhexer drehte das Ding auf, holte dann seinen Laptop aus seinem Rucksack und fuhr ihn hoch. Was hatte er vor?

»Was für ein Telefon hat unser Bomber, wisst ihr das?«

»Klar, er gibt ja ständig damit an. Der hat auch so ein teures Smartphone wie du, dieser Angeber. 'tschuldige. Aber du weißt, was ich meine.«

Das schickste Telefon zurzeit war das eyePhone, von der Firma mit der Banane drauf. Der Binhexer zog die vor, weil nur er sich das leisten konnte. Das Problem war, wenn du so ein Handy haben wolltest, musstest du zu einer bestimmten Mobiltelefonfirma wechseln. Oder dir ein gehacktes beschaffen, und das war etwas kompliziert. Aber genau so eins hatte Bomber sich von Tarkan besorgen lassen. Klar: protziges Telefon, billige Mobilfunkfirma.

Da piepste auch schon der IMSI-Catcher, und Nastassjas Nummer leuchtete auf, die Bombers Nummer wählte. Was tun?

»Gibt's da keinen Knopf, um einen Anruf abzuschneiden?«

»Doch«, meinte Chris, »und zwar den hier.«

Damit knipste er den ganzen Kasten einfach aus und nach ein paar Sekunden wieder an. Computerlektion Nummer eins: erst mal ausschalten und wieder einschalten – und schauen, ob's hilft. Wenn in der Zukunft diese Maschinen gebaut werden, die wie in *Terminator* und *Matrix* die Welt erobern wollen, liebe Erfinder, bitte baut ihnen doch einfach einen Aus-Schalter ein! Kalter Neustart, Reboot, das war's. Ende der Maschinenrebellion.

Damit war Nastassjas Anruf erst mal aus der Leitung geschmissen, aber wie lange würden wir das machen können? Wir hörten den Kasten piepsen, während die Telefone aus der Umgebung sich erneut einloggten. Gleich würde sie es noch einmal probieren. Dann könnten wir sie natürlich immer wieder aus der Leitung werfen, einfach durch an- und ausschalten. Aber sobald wir außer Reichweite zu ihr waren, würde sie ein ganz normales Netz kriegen, und dann könnte sie jeden anrufen, den sie wollte.

»Ich glaub, ich weiß was«, meinte Chris, und seine Finger flogen über die Tastatur seines Laptops. Er hatte sein Smartphone daran angeschlossen und damit Zugang zum Internet. Mittlerweile kroch die Karawane der Luxusflitzer mit original 50 km/h durch das nächtliche Industriegebiet.

»Enis, kannst du mal das Navi anwerfen?«, bat mich Mülli.

Na super. Er darf hier den Lambo fahren, der Binhexer machte einen auf Überwachungsstaat, und ich durfte das olle Navi bedienen. Ganz toll. Ich kam mir vor wie ein Kleinkind. Missmutig drückte ich an dem Bildschirm rum, bis wir eine Ansicht davon hatten, wo wir uns gerade befanden. Da keiner von uns je Auto gefahren war, kannten wir die Straßen ja nicht so gut. Eigentlich überhaupt nicht. Meine Mama hat nicht mal ein Auto. Jetzt hatten wir zumindest einen Umgebungsplan.

»Ich glaube, ich kann Bombers Handy lahmlegen«, verkündete Chris. »Letzte Woche hat ein Hacker aus Holland einen Virus veröffentlicht, der eine Sicherheitslücke ausnützt, die durch den Jailbreak entsteht.«

Während er eifrig weitertippte, erklärte Chris uns stichpunktartig, was er meinte. Wie gesagt, diese eye-Phones waren an einen bestimmten Netzanbieter gebunden. Aber für diejenigen, die nicht wechseln wollten, gab es eine Gruppe von Hackern, die einen Crack entwickelt hatten. Dazu musste man aber sein Telefon öffnen, damit die mit einem Programm namens *OpenSSH* darauf zugreifen konnten. Und das Passwort von diesem Programm hieß standardmäßig immer »alpine«. Es war zwar kein Problem, das Passwort zu ändern. Aber da dachte keiner dran. Mein Onkel hatte hoffentlich auch nicht daran gedacht, als er das Telefon für Bomber entsperrte.

Deshalb gibt's ja uns Hacker und Cracker. Wir finden die Sicherheitslücken im System und warnen andere davor. Das ist in der Kryptologie sogar ganz normal, dass alle erst mal versuchen, einen Code zu brechen. Da sitzen auf ihren Konferenzen hundert Superhirne rum und versuchen, deinen Code zu brechen. Wahnsinn, oder? Die veröffentlichen sogar ihre Algorithmen, damit jeder versuchen kann, den Code zu brechen. Wenn sie ihn *nicht* veröffentlichen, gilt das als Sicherheitslücke. Man würde eigentlich denken, es wär andersrum und die Funktionsweise des Codes sollte geheim bleiben. Aber nix da.

Na ja, der Binhexer tippte also auf seinem Laptop rum und durchsuchte die Umgebung nach Handys, die im IP Bereich von Bombers Netz lagen. Wenn wir ihn finden konnten, hätten wir Zugriff auf seine ganzen Einstellungen, und könnten mit seinem Telefon so ziemlich machen, was wir wollten. Das wär doch schon mal nicht schlecht gewesen.

»Bingo. Das ist er. Wollen wir mal sehen, ob er sein Passwort geändert hat.« Chris tippte das verräterische »alpine« ein und wartete.

In der Zwischenzeit versuchte Nastassja ständig, zu dem Handy durchzukommen. Also schaltete ich immer wieder das Abhörgerät aus, sobald sie in der Leitung war, damit sie nicht durchkam. Ich konnte mir richtig vorstellen, wie sie in der öligen Lagerhalle stand, mit ihren Pumps aufstampfte und sich beim Wählen einen Fingernagel abbrach. Oh Mann, die fluchte bestimmt!

Mittlerweile hatte die Autoschlange eine größere Hauptstraße erreicht, die Fahrer verteilten sich nun auf verschiedene Spuren und fädelten sich hinter langsameren Pkws ein, damit es nicht so sehr auffiel, dass hier 20 geklaute Rennmaschinen Richtung Autobahn rollten. Bald würden wir außer Reichweite sein, Nastassja würde Bomber anrufen können – und dann würden wir auffliegen.

»Chris, hast du's bald?«, wollte ich wissen.

»Ja, ja, die Internetverbindung hier ist nicht so schnell, okay?«, schoss er genervt zurück.

Ich sah, wie auf seinem Monitor die Kontrollen für das Telefon auftauchten. Er war drin. Es hatte geklappt! Kaum zu glauben, dass so viele Leute mit völlig ungesicherten Handys herumliefen.

»Als Erstes schalte ich ihn stumm – und schalte das Vibrieren aus ... das fällt am wenigsten auf ...«

Gesagt, getan. Der Binhexer hatte jetzt eine kleine Ansicht von Bombers Handybildschirm bei sich auf dem Monitor.

»So, jetzt können wir noch sein Adressbuch und seinen Terminkalender kopieren«, sagte er und zog einfach die passenden Icons auf seinen Desktop rüber. Der Kopiervorgang begann.

Wir grinsten und betrachteten fasziniert den Bildschirm. Bald würde der Autokorso die Autobahn erreicht haben, und dann konnten wir uns unbemerkt aus dem Staub machen, während die anderen alle mit Vollgas davonschossen.

Da tauchte zu unserem Entsetzen auf dem Display, das Bombers Telefon darstellte, ein Textkasten auf. Eine SMS! Die Tussi hatte es tatsächlich geschafft, mit ihren Fingernägeln eine SMS zu tippen! Und darauf stand in fragwürdiger Rechtschreibung:

»Dieße Kits sitsen im lezten Autto. Schnapt se euch.«

»Mülli! Wir kriegen gleich Besuch!«, warnte ich ihn.

»Jetzt mach dich mal locker. Wer weiß, ob er die SMS überhaupt liest. Chris, kannst du die SMS nicht irgendwie löschen?«

»Nee, ich kann nur auf die Einstellungen zugreifen. Telefonieren oder antworten geht nicht. Aber Moment mal, vielleicht kann ich den Bildschirm schwarz stellen …«

Chris klickte weiter und suchte die Helligkeitseinstellung. Aber so, wie ich ihn kannte, war Bomber einer dieser Wichtigmacher, die ständig auf ihr Handy gucken mussten. Wenn der Bildschirm dunkel war, würde es ihm auffallen.

Und da sahen wir auch schon den Bugatti vor uns auf der dreispurigen Hauptstraße rechts ranfahren und auf etwas warten. Auf uns vermutlich. Er ließ die anderen Autos alle vorbei, bald würden wir ihn überholen.

»Die wissen es, die wissen es, wir müssen weg hier«, rief ich nervös.

»Jetzt bleib mal cool. Duckt euch, und wir rollen ganz geschmeidig an ihnen vorbei, als wenn nichts wäre. Wer weiß, vielleicht sind sie einfach so stehen geblieben.«

Denkste. Als wir ganz geschmeidig an dem Bugatti vorbeirollen wollten, ließ dieser Radu-Typ das Fahrerfenster runter und sah uns direkt an. Erwischt. An meiner Stelle auf der Mittelkonsole war an ducken sowieso nicht zu denken. Er sah uns, griff in seine Jacke und holte ganz im Ernst eine Maschinenpistole heraus, die er ohne zu zögern auf uns richtete.

Chris hatte sich hinter seine Elektrokästen geduckt, aber Mülli und ich starrten dem Typen voll ins Gesicht. Es war eine dieser Schrecksekunden, die sich plötzlich ewig in die Länge ziehen – wenn du ganz genau weißt, was kommt, dich aber trotzdem so träge und schwer fühlst, als wärst du gelähmt. Kennt ihr das?

Ich wollte rufen: »Gib Gas, Mann!«

Doch ich starrte nur völlig geschockt in die schwarze Mündung der MP, die direkt auf meine Birne gerichtet war, und sah die ausdruckslose Miene des Anführers leicht zucken, als er den Abzug zog …

In dem Moment stiefelte Mülli voll aufs Gas, und die Hölle brach los. Der Motor röhrte laut, und der Wagen beschleunigte wie in Zeitlupe – wie in diesen Astronautenfilmen, wo es sie beim Start total in die Sitze drückt und ihre Gesichter zurückplättet, aber alles ganz langsam. Und irgendwo hinter uns blitzte in der Nachtluft das Mündungsfeuer von Radus MP-5. Aber Radu hatte die ganze Salve wirkungslos in die Luft verballert: Denn der Lambo beschleunigte in 3,4 Sekunden auf 100 Sachen, und da waren wir schon längst ganz woanders.

»Festhalten«, verkündete Mülli überflüssigerweise und schaltete jetzt voll in *GTA*-Videospielmodus. Seine Augen bekamen diesen Tunnelblick, den er beim Spielen immer hatte, sein Körper nahm die Haltung einer Raubkatze an, und mit festem Griff packte er den Lenker links und rechts wie eine Verlängerung seiner selbst. Im Rückspiegel sah ich den Bugatti brav blinken, losfahren und die Verfolgung aufnehmen.

Da geschah das Unglaubliche: Obwohl wir wie eine Rakete losstarteten, näherte sich der bullige Bugatti wie eine Erscheinung. Sie holten tatsächlich auf. Bald konnte man die verbissenen Gesichter unserer Verfolger deutlich im Rückspiegel erkennen. Bomber hatte nun die Heckler & Koch in der Hand, Radu konzentrierte sich voll aufs Fahren.

»Der Veyron macht 2,5 Sekunden von 0 auf 100«, bemerkte Mülli, als ob er schon damit gerechnet hatte, sie nicht lange abhängen zu können. »Da ist das hier ein Rollstuhl dagegen.« Er war wie in Trance, aber auch seltsam nüchtern, als wäre es ganz normal für ihn, dass bewaffnete Killer ihn in Supersportwagen verfolgten. Chris und ich dagegen hatten Mühe, uns nicht in die Hose zu machen.

»Festhalten«, sagte Mülli noch mal, obwohl wir uns längst an alles festklammerten, woran man sich festhalten konnte. Mir war eh schon etwas mulmig, und als ich im Rückspiegel Bomber mit der Knarre aus dem Fenster lehnen und auf uns anlegen sah, wurde mir richtig speiübel. »Mülli … der schießt gleich auf uns …«

Mülli hatte es auch schon gesehen, wirkte aber trotzdem fast gelassen. Wir schossen über eine Ampel, die zum Glück grün war, doch anstatt weiter geradeaus zu fahren, kurbelte Mülli den Lenker in einer lässigen Bewegung Hand über Hand bis zum vollen Anschlag nach links.

Wir hatten schon ungefähr 140 Sachen drauf, und das mitten in der Stadt. Der Lambo legte sich in die Kurve wie auf einer Achterbahn, der G-Force-Anzeiger auf der Instrumententafel zeigte einen heftigen Anschlag zur Seite, und ich wurde mit voller Kraft in Chris hineinkatapultiert. Mülli hatte eine kleine Lücke im Gegenverkehr auf der anderen Straßenseite gesehen, in der er jetzt seine 180°-Kurve ausführte. Wir fühlten, wie die Vorderräder nach vorne geschoben wurden, und das Heck begann auszubrechen, was den Wagen wie eine Schleuder um die Kurve katapultierte. Doch der Lambo hatte zum Glück Allrad und den Motor in der Mitte. Schon in der Kurve begann Mülli, Hand über Hand das Lenkrad wieder zurückzukurbeln und lenkte sogar kurz mal in die Gegenrichtung. Da gewannen alle vier Räder wieder Halt, und der Reventón beschleunigte kraftvoll von ganz unten raus wieder zurück in die Richtung, aus der wir gekommen waren.

Der Bugatti hinter uns hatte nicht so viel Glück. Die waren erstens nicht darauf vorbereitet. Außerdem, nachdem wir 150 Sachen draufhatten, waren die bestimmt schon bei 180. Und der Bugatti ist bulliger und wiegt fast das Doppelte des 1000 Kilo leichten Lamborghinis. Er schoss auf der anderen Straßenseite an uns vorbei, ich sah Bomber noch blöd gucken. Unsere Straßenseite war bereits wieder voll, da kamen sie nicht rein. Und nach der Kreuzung kam ein Mittelstreifen, den sie mit dem tiefergelegten Auto nicht so schnell überqueren konnten.

Ha! Dass die von einem Haufen 14-Jähriger abgehängt wurden, das hätten sie bestimmt nicht gedacht. Jubel stieg in mir auf. Ich konnte nicht anders, ich musste Mülli einfach auf die Schulter klopfen, auch wenn es ihn beim Fahren störte.

»Mülli! Du bist voll der Hammer, Mann!«

Er blickte mich aus den Augenwinkeln an.

»Gell, ich bin doch zu irgendwas gut, oder?«

Da wurde mir erst mit einem Schlag klar, wie sche**e ich Mülli in letzter Zeit behandelt hatte. Klar, er war vielleicht nicht der Oberchecker, was Perl oder C++ anging, aber egal. Er war immerhin mein bester Freund. Und hier auf der Mittelkonsole eingepfercht, zwischen Mülli, dem Formel-1-Fahrer, und Chris, dem Handy-Überwachungs-Profi, kam ich mir ohnehin total nutzlos und überflüssig vor. Und mir wurde klar, dass es ihm bestimmt auch so ging, wenn wir ihn dissten, weil er was nicht kapierte.

Ich will jetzt nicht anfangen rumzuheulen oder so, aber in diesem Moment nahm ich mir vor, meine Kumpels nie wieder mies zu behandeln, weil, hey, sie waren meine Kumpels, und sonst hatte man auf der Welt nicht viel, wenn man keine Freunde hatte.

Das alles ging mir blitzartig durch den Kopf, und ich war dadurch nicht etwa geplättet, sondern schöpfte daraus Kraft, weil ich wusste: Von jetzt an konnten sie immer auf mich zählen. Ich wollte schon fast irgendwas Blödes sagen wie: Mensch bin ich froh, Freunde wie euch zu haben. Aber zum Glück kam ich nicht dazu. Denn jetzt drückte Mülli wieder das Gas voll durch, und der Düsenjägerlärm hinter meinem Schädel raubte mir fast das Bewusstsein.

Dann wurde ich auch noch hin und her geworfen. Mülli fuhr jetzt nämlich Slalom, um die Autos vor uns zu überholen. Glücklicherweise war die Straße dreispurig, und er fand immer eine Lücke, durch die er den Lambo durchfädeln konnte. Viele Fahrer waren so geschockt, aus der Dunkelheit von diesem mattgrauen Schatten versägt zu werden, dass sie reflexhaft auf die Bremse stiegen und hinter uns ein großes Verkehrschaos veranstalteten, das den Bugatti hoffentlich eine Weile aufhalten würde.

Ich blickte hinter uns und konnte ihn gar nicht sehen. Doch da fiel mir auf, dass sich die Autos links neben uns in der Gegenrichtung komisch verhielten. Sie bremsten und fuhren von der Straße. Und jetzt sah ich es auch: Radu hatte einen Powerslide hingelegt, auf seiner Spur gewendet und versuchte, uns einzuholen, indem er als Geisterfahrer in die falsche Richtung fuhr. Und das mit 1000 PS.

»Oh Mann, der Typ ist ja echt gemeingefährlich!«, stellte auch Mülli fest, während die armen Autofahrer auf der anderen Straßenseite mit quietschenden Bremsen von der Straße schlitterten, in Bäume und parkende Autos hinein, weil dieser Blödmann im Boliden mit Aufblendlicht auf sie zuraste.

»Hilfe! Was jetzt?«, fragte Chris mit zittriger Stimme, während er den Laptop auf seinem Schoß umklammert hielt wie einen Rettungsring auf hoher See.

»Alles im Griff«, meinte Mülli zwischen zusammengebissenen Zähnen. Man wusste nicht, ob er das ernst meinte oder ob er nur in der Lage war, wie beim Autorennenspielen jeden Zweifel auszublenden und sich voll und ganz aufs Fahren zu konzentrieren. Jetzt hielt er jedenfalls volle Lotte auf eine rote Ampel vor uns zu, an der die Autos sich stapelten. Dort gab's kein Durchfädeln mehr. Da standen sie Wagen an Wagen – und dennoch steuerte Mülli mit hundertzwanzig Sachen darauf zu, während links von uns auf der Gegenspur Bomber und Radu eine heillose Verwüstung anrichteten und immer näher kamen.

»Mülli! Was machst du!?«, schrie ich, als die Bremslichter des letzten Autos schon voll auf uns zukamen. Doch Mülli ignorierte mich komplett. Er war dermaßen in seinem Element, dass er gar nicht mehr ansprechbar war. Diesen Zustand kannte ich bei ihm vom Zocken. Da nahm er nur diejenigen Informationen auf, die für ihn nützlich waren, so wie »Scharfschütze!« oder »Pizza!«. Mit was anderem brauchte man ihm nicht zu kommen.

Jetzt kapierte ich allerdings, was er vorhatte. Zwischen den parkenden Autos am Gehweg und der rechten Spur an der Ampel war eine Lücke von ungefähr zwei Metern, kaum breiter. Bei dieser Geschwindigkeit und aus diesem Winkel wirkte sie etwa so breit wie ein Türspalt. Und das Auto war ja auch nicht gerade schmal.

Chris und ich schrien panisch und unkontrolliert drauflos, den sicheren Tod vor Augen.

Aber Mülli hörte nicht.

Stattdessen legte unser lebensmüder Freund eine Vollbremsung aufs Parkett, dass es nur so rauchte. Trotzdem schoss die Stoßstange des Fahrzeugs direkt vor uns rasend schnell auf uns zu wie ein gewaltiger Rammbock. Und wenn der Fahrer in dem Moment in den Rückspiegel guckte, Freunde, dann hatten wir ein Menschenleben auf dem Gewissen: Denn der ist bestimmt vor Schock gestorben beim Anblick eines Stealthflieger-Autos, das mit quietschenden und qualmenden Reifen auf ihn zuschlitterte.

Einen Sekundenbruchteil vor dem Aufprall kurbelte Mülli dann seelenruhig und ganz routiniert das Lenkrad eine Umdrehung nach rechts, was uns alle nach links in ihn hineinbeutelte und gegen die Tür drückte. Doch auch das brachte ihn nicht aus der Fassung, so konzentriert war er. Er drückte uns nur mit der Schulter zurück, als wären wir ein paar Drängler am Pausenstand.

Der Wagen schnaubte wie ein wütender Stier, der einen beiseitetretenden Torero verfolgte, drückte sich nach vorne in die Federbeine und schlüpfte zwischen die beiden stehenden Pkws hindurch, als ob er aus Luft wäre. Sogleich kurbelte Mülli den Lenker wieder ums Doppelte zurück in die Gegenrichtung, um den Wagen auf der Parkspur wieder nach vorne zu richten, und dann zurück in gerade Stellung.

Ich fühlte mich, als wären wir unter den parkenden Autos hindurchgeschlüpft.

Mülli fuhr bis zur roten Ampel vor, guckte nach Querverkehr, doch es kam keiner. Also bog er ganz klammheimlich nach rechts ab, in einen dunklen Tunnel, der unter den Eisenbahnschienen zum Hauptbahnhof führte.

Hinter uns kam nun auch der Bugatti an die Kreuzung. Doch gerade da wurde die Ampel in unsere Richtung grün. Der angestaute Verkehr vor dem Bugatti lief wieder weiter und blockierte erst mal die Kreuzung. Und vor uns war der Tunnel leer! »Vollgas!«, jubelten wir alle drei zugleich. Ich glaube, der Motorlärm hat diesen wackeligen alten Tunnel fast zum Einsturz gebracht.

»Mach das Licht aus!«, rief der Binhexer plötzlich. »Vielleicht haben sie uns ja nicht gesehen!«, und es war echt eine gute Idee. Denn unser Wagen lag so viel tiefer als die anderen Fahrzeuge – gut möglich, dass unsere Verfolger gar nicht gesehen hatten, wie unsere Carbonschüssel sich durch die Autos geschlängelt hatte. Also knipste Mülli wirklich das Licht aus, denn wie gesagt: Für nützliche Infos war er durchaus noch aufnahmefähig. Nur unser panisches Geschrei hatte er komplett ausgeblendet.

Das einzige Licht kam jetzt von der leuchtenden Cockpitarmatur, und einige Sekunden lang fühlten wir uns tatsächlich wie in einem Stealth-Düsenjäger. In fast völliger Dunkelheit glitten wir durch den nächtlichen Tunnel, der nur sehr schwach beleuchtet war.

Doch dann hörten – und spürten! – wir das Jaulen eines zweiten Motors von hinten durch die Röhren schallen wie eine Druckwelle und wussten, sie waren immer noch hinter uns her. Mülli starrte konzentriert in den Rückspiegel in einer Art, die nichts Gutes bedeuten konnte. Ich hielt aber meinen Mund. Offenbar wusste er ja wirklich, was er tat. Als das Brummen von hinten sich so anhörte, als würde es uns gleich erschlagen – knipste er das Licht an, rief zum x-ten Mal »Festhalten!« und stiefelte voll in die Eisen.

Für Radu muss die unvermittelte Helligkeit in dem dunklen Tunnel wie ein Schlag ins Gesicht im Schlaf gewesen sein: Plötzlich tauchten diese knallroten Bremslichter vor ihnen auf und schossen mit Überschallgeschwindigkeit auf sie zu.

Mülli hatte offenbar in Kauf genommen, dass sie voll auf uns draufknallen, und immerhin hatten wir ja einen ganzen stählernen Motorblock hinter unseren Köpfen als Schutz. Gerade fragte ich mich, wo die Kiste wohl ihre Benzintanks hatte, da hörten wir ein Kreischen und Knallen und Scheppern hinter uns. Mülli gluckste nur kurz und trat dann wieder aufs Gas. 5 G Beschleunigung.

Während mein Gesicht sich nach hinten über meine Ohren stülpte, versuchte ich im Rückspiegel zu erkennen, was passiert war: Radu hatte eine Notbremsung hinlegen müssen, als wir plötzlich vollbremsend vor ihm erschienen waren, und gleichzeitig ist er zur Seite ausgewichen. Doch offenbar war er in solchen waghalsigen Manövern nicht so geübt wie unser Testpilot Mülli, vor allem nicht mit einer 1000-PS-Granate unterm Hintern, und so war er volle Kanne vorne links gegen einen rostigen alten Pfeiler in der Mitte der Brücke geknallt. Der Kotflügel vom Bugatti wurde komplett abgerissen. Der Wagen schleuderte und schlenkerte auf der Straße herum wie besoffen und versuchte, sich wieder zu fangen, während die Teile durch die Luft flogen. Und das war ein Auto für 1,5 Millionen gewesen.

»Ich glaub, jetzt sind die richtig sauer«, gab ich zu bedenken, sobald der Beschleunigungsschub nachgelassen hatte und ich den Unterkiefer wieder bewegen konnte.

»Dann nix wie weg hier«, und der Tacho schoss auf 200. Die Straße vor uns war zum Glück leer.

14 Expresspäckchen

Wir düsten mit Karacho durch die dunkle Stadt. Ganze Häuserviertel schossen in Sekundenschnelle an uns vorbei. Die Straße machte eine Rechts-links-Kurve, die Mülli aber locker aus dem Ärmel schüttelte. Da sahen wir vor uns eine Kreuzung, die nach rechts tiefer in die Stadt hineinführte oder nach links auf die Autobahn, aus der Stadt hinaus.

Nach der S-Kurve war der Bugatti hinter uns nicht mehr zu sehen, allerdings konnte es sich nur um Sekunden handeln, bis er uns wieder eingeholt hatte. »Wird mal Zeit, die abzuschütteln, oder?«, schlug Mülli vor, aber wir hatten keine Ahnung, was er meinte.

»Das versuchst du doch die ganze Zeit schon, oder?«, fasste der Binhexer unser Staunen in Worte.

»Nee, so richtig abhängen«, erwiderte Mülli und bog in die Kreuzung ein. Er holte mit einem Schlenker nach rechts aus, bog als Nächstes hart nach links, kurbelte dann mit mehreren Handgriffen den Lenker bis zum Anschlag nach links und gab immer mehr Gas.

Der Wagen scherte hinten aus, die Reifen drehten durch, und wir fuhren einen Kreis um die blockierte Vorderachse.

»Der Donut! Du hast es geschafft!«, jubelte ich Mülli zu, während der Lamborghini wie ein verrückt gewordener Kreisel Pirouetten auf der Kreuzung drehte. Ich glaube, der Besitzer wäre tot umgefallen, wenn er gesehen hätte, was wir mit seinem Millionenauto machten. Rauchschwaden stiegen auf, und der Geruch von brennendem Gummi stach uns in der Nase, bis die ganze Kreuzung völlig eingenebelt war. Sobald die Rauchschwaden dick genug waren, ließ Mülli den Lenker wieder ausdrehen, ging vom Gas, damit die Reifen nicht mehr durchdrehten, und wir schossen in die Abzweigung Richtung Stadtmitte. War uns beim Karussellfahren auf der Kreuzung schon fast übel geworden, so schnalzten unsere Köpfe nun beim Losbrechen in die andere Richtung.

»Wenn ich ein Schleudertrauma davontrage, verklage ich dich«, drohte Chris, nur halb im Scherz.

Doch Mülli hatte im Moment zu viel Spaß, um sich wegen so was Gedanken zu machen:

»Tu nicht so erwachsen!«, lachte er, und der Spruch saß. Chris war erst mal still.

Wir knallten die alte Kopfsteinpflasterstraße rauf, wobei uns die straffe Sportfederung des Lambos jedes Steinchen spüren ließ.

Alle drei blickten wir gespannt nach hinten auf die vernebelte Kreuzung, doch es war kein Verfolger zu sehen. Waren wir entkommen? Zur Sicherheit knipste Mülli die Scheinwerfer wieder aus. So bretterten wir als schwarzer Schatten durch die Nacht, was ja ganz cool war und die Verfolger daran hinderte, uns zu sehen.

Das Problem war nur, dass uns andere Autofahrer auch nicht sehen konnten.

Wir bollerten gerade auf die große Kreuzung an der Eisenbahnbrücke am Mittleren Ring, als ein Lkw vor uns auftauchte und direkt vor uns stehen blieb, weil er uns erst in letzter Sekunde bemerkt hatte. Er versperrte die ganze Kreuzung, und wir donnerten mit hundert Sachen auf ihn zu!

Wieder musste ich den Impuls unterdrücken, hysterisch und in Todesangst loszuschreien, und ich bin sicher, Chris ging's genauso. Doch unser Mülli, unser lieber, guter Mülli, was machte er? Er machte einen kleinen Schlenker nach links, ging aufs Gas, und wir sausten geradewegs unter dem Sattelschlepper hindurch. Der flache Lamborghini hatte kein Problem damit.

»Cool!«, gackerte Mülli. »In *GTA 5* gibt's genau so 'ne Situation. Da hab ich tausend Mal geübt, bis ich das draufhatte.«

Chris und ich starrten uns bloß an. »Wer kotzt, verliert«, grinste ich den Binhexer an.

»Und wohin jetzt?«, versuchte Chris – etwas grün im Gesicht –, das Gespräch vom Thema Übelkeit wegzulenken. Wir schienen die Typen ja wirklich abgehängt zu haben. Zuerst die Rauchwolke, dann der Laster, da sollten sie erst mal hinterherkommen.

»Ich glaub, ich weiß schon«, meinte Mülli und warf einen Blick aufs Navi.

Was hatte er bloß vor? Wollte er zum Hauptbahnhof oder zum Marienplatz? Er fuhr auf jeden Fall immer weiter in die Stadt hinein, wo auch zu dieser späten Stunde noch viele Autos unterwegs waren und wir nicht mehr so rasen konnten oder mussten. Wir reihten uns in den abendlichen Verkehr aus Spätheimfahrern, Discogängern und Pizzaboten ein und atmeten auf, zumindest Chris und ich. Mülli allerdings wirkte keineswegs erleichtert, sondern immer angespannter. Er trommelte nervös mit den Fingern aufs Lenkrad und pfiff ein Liedchen, um sich zu beruhigen. Wir bogen auf den Altstadtring, wo die Reklame leuchtete und Passanten auch zu Fuß unterwegs waren.

»Alles in Ordnung, Mülli«, beruhigte ich ihn, denn er war offenbar noch so vollgepumpt mit Adrenalin, dass er am liebsten auf den Gehweg ausgewichen wäre, um alle zu überholen.

»Mülli. Es ist vorbei. Sie sind weg. Wir sind entkommen.«

Aber falsch gedacht. Aus einer Seitenstraße hinter uns dröhnte es lautstark, und um die Ecke kam – quer schlitternd – der Bugatti gedonnert.

»Wo kommt denn der auf einmal her?«, glotzte ich.

»Wie sind die uns gefolgt?«, gaffte Chris.

»Egal«, sagte Mülli lapidar und stieg aufs Gas.

Vor uns stand die ganze Sonnenstraße voller Autos, aber links daneben waren die Straßenbahngleise leer. Wir rumpelten den Randstein hinauf, wofür die Rennwagenfederung bestimmt nicht gebaut war, und sprangen auf die Gleise. Unsere Verfolger taten dasselbe, und nun kreischten wir an staunenden Straßenbahnfahrgästen an der Haltestelle vorbei. Dahinter war die Straße wieder frei, es standen ja alle an der roten Ampel, und wir landeten erneut auf Asphalt.

»Mist! Der Wagen hat anscheinend ein GPS-Signal abgegeben«, ärgerte sich Chris. »Das ist eine Diebstahlsicherung, die man mit dem Schlüssel umprogrammieren kann.«

Klar! In seiner Wohngegend hatte man so was, wenn man was auf sich hielt.

»Sie müssen es so eingestellt haben, dass sie ein Signal bekommen«, erklärte Chris jetzt. »Deswegen wissen sie, wo wir sind.« Wütend begann er, auf dem Navi herumzudrücken.

Tatsächlich, da war eine Funktion für GPS-Ortung. Ein paarmal auf den Bildschirm gedrückt, und aus war es.

»Das hätte euch auch früher einfallen können, ihr Technikgenies«, frotzelte Mülli.

Chris und ich sahen uns an.

»Ja, ja, fahr du lieber!« Ich ärgerte mich nun auch. Aber Mülli hatte recht: Eigentlich wäre das unsere Aufgabe gewesen. Wir hatten echt abgelost. Und nun hatten wir die Killer wieder am Hals.

Pok! Pok! Pok! Pok! Pok! schepperte es hinten in unser Heck hinein. Wir blickten uns um und sahen Bomber: mit halbem Oberkörper aus dem Fenster des Veyron gelehnt, Maschinenpistole in beiden Händen und wild um sich feuernd. Mitten in der Innenstadt! Was für ein Irrer! Die Passanten schrien und warfen sich hinter parkenden Autos in Deckung.

Wir hatten zum Glück einen fetten 6,5-Liter-Motor aus Stahl hinter unseren Köpfen, zwischen uns und der knatternden Knarre. Aber wenn der uns von der Seite erwischte, dann gute Nacht.

»Festhalten! Ich bieg in die Altstadtgassen ein!«,

kündigte Mülli an. Da keiner einen besseren Plan hatte, gab es auch keine Widerrede. Mit Vollgas in einem zwei Meter breiten Rennschlitten kleinste Fußgängergassen hinaufzuschießen, schien auch uns die einzige vernünftige Maßnahme. Und festhalten, na ja ... wir waren sowieso schon längst beim Festklammern, Festkrallen, Festbeißen angekommen.

Vom Altstadtring gingen an dieser Stelle lauter winzig kleine Sträßchen aus dem Mittelalter in die Stadtmitte rein, mit Boutiquen und Nobelläden, die kein Mensch kannte, weil kein Mensch sie sich leisten konnte. Wir schlitterten um die Kurve durch etwas, das ohne Witz wie ein altes Burgtor aussah, und heizten die hohle Gasse dahinter hinauf. Der Bugatti war uns dicht auf den Fersen, aber wenigstens konnte Bomber sich nicht mehr aus dem Fenster lehnen und schießen, ohne von einem Laternenpfahl geköpft zu werden. Ein paar Hotelgäste kamen aus dem Hintereingang des Nobelhotels vor uns heraus und flohen gleich wieder zur Tür hinein, als Mülli sie anhupte.

Da fuhr jedoch aus dem Hinterhof des Hotels langsam und gemächlich ein Lieferwagen heraus und blockierte die Straße. Der Weg war abgeschnitten!

Mülli biss die Zähne zusammen und stellte den Wagen quer. Wir sahen schon den Bugatti mit voller Wucht auf uns draufcrashen, aber Mülli hatte einen Geheimgang entdeckt. Die Passage, durch die die Hotelgäste gekommen waren, führte mitten durch das Gebäude hindurch und auf der Vorderseite des Hotels wieder heraus. Mit etwas Glück war sie gerade breit genug für unseren Wagen. Mülli drückte auf die

Tube, und der Wagen machte einen Satz nach vorn in die Marmorhalle: mitten durch das Nobelhotel, mit seinen Edelgeschäften links und rechts von uns. Radu und Bomber machten es uns nach. Zum Glück war das Getöse, das wir verursachten, laut genug, um alle Perlenketten tragenden Damen aus dem Weg zu scheuchen, bevor sie unter die Räder kamen. Ein Hotelportier glotzte uns hinterher, aber im nächsten Moment waren wir auch schon wieder draußen und landeten direkt auf dem großen Platz vor dem Hotel.

Wir kreuzten die Straße, pflügten durch die Grünfläche des Platzes und bogen schließlich in eine kleine Gasse auf der anderen Seite ein.

Moment mal, den Platz kenn ich doch, dachte ich mir. Es war der Promenadeplatz gewesen, wo die ganzen Banken ihre Hauptquartiere hatten.

Jetzt verstand ich plötzlich, wo Mülli hinwollte, mit den irren Killern auf den Fersen. Wir nahmen die nächste Kurve in der mittelalterlichen Gasse, rempelten dabei gegen die Häuserwand, schossen auf ein wuchtiges altes Gebäude mit Eisentoren, vergitterten Fenstern und Außenspiegeln zu, auf die große Haupttreppe mit steinernen Wappenlöwen links und rechts. Wir polterten die Treppe hinauf und krachten schnurstracks in das Tor hinein. Ich sah noch Bombers entsetzten Blick im Rückspiegel, als er kapierte, wo wir gelandet waren. Da explodierten auch schon die Airbags im Inneren unseres Wagens und nahmen uns die Sicht.

Aus dem Fenster starrte uns der Pförtner an, während der Bugatti schwungvoll um die Ecke kam und in uns reinpolterte. Der Schalterbeamte und ein halbes

Dutzend weitere Kollegen stürmten heraus und nahmen uns alle ins Visier:

»Halt! Keine Bewegung! Sie sind verhaftet!«, brüllten sie uns und unseren Verfolgern zu.

Es war das Polizeihauptquartier. Und ich schwöre euch: Ich glaube, Tarkan hat oben aus dem vergitterten Fenster geschaut und gelächelt.

15 Der Kommissar im Kofferraum

»Dieses Telefon bleibt in Zukunft bei dir, hast du verstanden, Junge?«, tönte meine Mama aufgeregt vom anderen Ende der Leitung.

Ich hatte sie angerufen und ihr gesagt, dass wir bald aus der Untersuchungshaft entlassen würden. Aber es hatte doch eine ganze Weile gedauert, bis wir alles erklärt, auseinanderdividiert und protokolliert hatten.

Zuerst musste eine Sondereinheit der Polizei mit einem Hubschrauber – einem sehr schnellen Hubschrauber – an den Frachthafen nach Konstanza in Rumänien geschickt werden, um dort unser Rudel mafiöser Rennfahrer und ihre geklauten Kisten abzufangen. Außerdem mussten sie dort einen gewissen Kriminalhauptkommissar aus dem Kofferraum eines übermotorisierten Ford Mustangs bergen, der etwas durchgerüttelt war und dringend eine Pinkelpause benötigte, aber ansonsten die Reise gut überstanden hatte.

Dasselbe konnte man von Mülli nicht sagen. Sobald wir vor dem Polizeihauptquartier stehen geblieben waren, die Airbags wieder zusammendrückt hatten und ausgestiegen waren, ist Mülli käsebleich geworden und hat allen vor die Füße gekotzt. Ich glaube, der Ernst der Lage ist ihm erst so richtig klar geworden, als er aus seiner Videospieltrance erwacht ist und ihm bewusst wurde, wie gefährlich die ganze Aktion eigentlich gewesen ist.

Die Polizei nahm Radu und Bomber die Knarren ab und sperrte sie ein, aber uns behielten sie ebenfalls da. Auch Nastassja wurde am selben Abend mit einer Nagelfeile bewaffnet in Gewahrsam genommen.

Wir mussten die Nacht in einer Zelle verbringen, nachdem wir unsere Eltern verständigt hatten. Wenn du mal wissen willst, ob deine Eltern zu dir halten oder nicht, ruf sie nachts aus der U-Haft an, das sag ich dir. Unsere haben mehr oder weniger alle die Prüfung bestanden, obwohl Müllis Eltern gar nicht bemerkt hatten, dass er nicht da war, meine Mama mich und ihren Bruder schon als kriminelle Sippe gebrandmarkt sah und Gerlinde von Xanthen, Christophers Mama, sich am meisten darüber Sorgen machte, was die Nachbarn sagen würden – wenn sie's denn jemals erfuhren. Aber so hat eben jeder seine Macken.

Am nächsten Morgen mussten wir warten, bis der Kommissar mit dem Hubschrauber wieder aus Rumänien angeflogen kam. Sein alter Schlabberanzug war nicht mehr zerknittert als sonst, nur seine Laune war noch mieser als gewöhnlich. Ohne lange zu fackeln, konfrontierte er uns alle drei in der Vernehmungszelle mit dem, was wir angerichtet hatten:

»Völliges Verkehrschaos, unzählige Menschenleben aufs Spiel gesetzt, die gesamte Fußgängerzone und ein Luxushotel in Angst und Schrecken versetzt und dazu noch das Tor des Polizeipräsidiums ramponiert! Habt ihr eine Ahnung, was das alles kostet?«

Aber Chris übte sich schon als Anwalt und ließ sich das nicht bieten: »Aber Herr Kommissar, wir haben doch bloß *Ihre* Ermittlungen weitergeführt und *Sie* aus den Fängen der Bande befreit. Und *wir* haben dabei vor allem erst mal das *eigene* Leben aufs Spiel gesetzt, nicht das der anderen. Oder haben wir etwa die Jagd begonnen und das Feuer eröffnet? Außerdem«, grinste er mit seinem selbstsichersten Tom-Cruise-Lächeln, »sind wir noch minderjährig. Und ohne Vorstrafen. Das heißt, wir werden sowieso freikommen.«

Das brachte den Kommissar so richtig auf die Palme. »Was ich meine, ist, warum baut ihr überhaupt so einen Bockmist? Soll ich euch lebenslanges PC-Verbot erteilen lassen, oder was? Denn das kann ich per einstweiliger Verfügung, ob minderjährig oder nicht, du Schlauberger.«

Der Binhexer wurde kreidebleich und verstummte. Ein Leben ohne PC – da hätte man ihm gleich drohen können, ihm beide Arme abzuhacken. Für uns alle war das so. Schlimmer sogar.

Da fiel mir wieder ein, was mir letztens zum Thema »Hacker gegen Cracker« durch den Kopf gegangen war:

»Aber Herr Kommissar, das ist nicht fair!«, argumentierte ich. »Wir decken doch bloß bestehende Sicherheitsmängel auf, um darauf aufmerksam zu machen. Wir haben ja schließlich keine Autos geklaut …«

Mülli schaute etwas betreten auf seine Füße.

»… oder zumindest keine, die nicht vorher schon

geklaut waren. Wir hätten Ihnen auch bestimmt als Nächstes von dem Crack erzählt, ganz ehrlich. Das ist wie bei diesen Kryptologie-Kongressen …«

Jetzt hob der Kommissar skeptisch die eulenartige Augenbraue und guckte pikiert. Ich schluckte, fuhr aber unbeirrt fort.

»… da treffen sich die ganzen Codeknacker und Eierköpfe und versuchen gegenseitig, ihre Geheimcodes zu knacken. Das gehört dazu. Und wenn einer das *nicht* macht, gilt sein Code als unsicher. Ein Geheimcode ist nur dann gut, wenn man den Algorithmus bekannt machen kann, und er funktioniert *trotzdem*. Das ist genau dasselbe, was wir machen. Hacken und schauen, ob etwas sicher ist oder nicht.« Ich schwieg erschöpft. Das war's. Mehr fiel mir jetzt auch nicht ein.

Der Kommissar blickte mich eine lange Zeit grimmig an. Dann schüttelte er den Kopf, seufzte und holte einen Schlüsselbund aus der Tasche. Er sperrte wortlos die Tür auf und winkte uns mitzukommen. Einen langen Gang hinunter und dann noch einen, bis er uns in einen höchst interessanten Raum gelotst hatte: Da standen nämlich zwei niegelnagelneue digitale Funkgeräte, als würden sie auf uns warten.

»Das sind unsere Neuen. Ich lasse euch – und deinen nichtsnutzigen Onkel – frei, unter einer Bedingung. Ich will, dass ihr versucht, unseren neuen Digitalfunk zu knacken.«

Der Binhexer und ich grinsten einander an. Er hätte uns genauso gut bitten können, Videospiele für Geld zu testen. Das hätte uns nicht mehr Spaß gemacht. Mülli dagegen blickte etwas abwesend. Ich glaube, er vermisste Azeroth.

»Tja, aber dafür bräuchten wir schon den Laden von meinem Onkel … da sind schließlich die ganzen Elektrobauteile drin …«

Der Kommissar winkte mit einer Hand ab. »Ja, ja, seine Räuberhöhle von einem Computergeschäft kann er auch wieder aufmachen, sicher. Aber ich will Ergebnisse von euch, in einer Woche!«

Wir grinsten. Ich freute mich schon auf die Freiheit – und auf die neue Aufgabe:

»Alles klar, Herr Kommissar! Wir sind für Sie da«, sagten wir. Und wir schlugen drauf ein.

Algorithmus Eine Schritt-für-Schritt-Anleitung; in der Kryptologie die Formel, nach der eine Botschaft verschlüsselt bzw. entschlüsselt werden kann. Heute gilt ein Geheimcode erst dann als sicher, wenn man ihn nicht knacken kann, obwohl der Algorithmus bekannt ist.

Brute Force Attack (»Rohe-Gewalt-Angriff«) Das Knacken eines Geheimcodes (»Kryptoanalyse«) durch Ausprobieren sämtlicher Möglichkeiten. Zum Beispiel, indem man alle denkbaren Zeichenkombinationen ausprobiert, um ein Passwort zu erraten. Braucht viel Zeit und Rechnerleistung, gilt als wenig elegant.

Crack Eine bestimmte Methode, um eine Computer-Sicherheitsmaßnahme auszuschalten oder zu umgehen. Leute, die so etwas praktizieren, zum Beispiel um den Kopierschutz bei einem Programm zu überwinden, nennt man Cracker. Solche, die das mit schädlicher Absicht tun, nennt man »Black Hats« (Schwarzhüte) im Gegensatz zu den »guten« Hackern, den »White Hats«.

Dictionary Attack *siehe »Wörterbuch-Angriff«*

GPS (Global Positioning System) Ein Satellitennetzwerk der US-Luftwaffe, das überall auf der Welt Signale aussendet, mittels derer man seine aktuelle Position bestimmen kann. Navigationsgeräte im Auto und viele Handys nutzen GPS.

GSM (*Groupe Spécial Mobile*) war der erste europäische Mobilfunkstandard. GSM ist schon über 20 Jahre alt und gilt als veraltet. Zum Beispiel weist es Sicherheitslücken auf (siehe *IMSI-Catcher* und *Man-in-the-Middle-Angriff*). Wird mehr und mehr durch UMTS ersetzt. Sind die UMTS-Netze überlastet, weichen jedoch auch moderne Handys auf das alte, unsichere GSM-Netz aus.

Häufigkeitsanalyse Das Knacken eines Geheimcodes durch Zählen der häufigsten Buchstaben. Wenn man weiß, dass in unserer Sprache z. B. das E am häufigsten (17 %) von allen Buchstaben vorkommt, kann man dadurch vielleicht den Klartext erraten. Vorausgesetzt, der Schlüssel bleibt immer derselbe. Je länger ein Code, der mit demselben Schlüssel verschlüsselt wurde, desto besser. (Ein Tool dafür findest du z. B. unter www.cryptool-online.org)

IMSI *(International Mobile Subscriber Number)* Jede SIM-Karte in einem Handy hat eine einzigartige, 15-stellige IMSI-Nummer, mit der sie sich identifizieren kann. Dabei stehen die ersten fünf Stellen für das Land und den Mobilfunkanbieter. So beginnt jede IMSI-Nummer bei Telekom D1 mit 262 für Deutschland und 01 für T1. (Vodafone D2 lautet 26202 usw.) Da diese fünf Anfangszahlen bekannt sind, stellen sie ein Sicherheitsrisiko in der Kryptologie dar. Ein Handy sendet daher seine IMSI-Nummer so selten wie möglich – nur wenn es vom Netzbetreiber dazu aufgefordert wird.

IMSI-Catcher Ein Gerät, das sich gegenüber allen Handys eines bestimmten Betreibers in einer Reichweite von ca. 500 m als stärkste Basisstation ausgibt (sog. *Man-in-the-Middle-Angriff*). Es kann dann dem Handy befehlen, die Verschlüsselung auszuschalten, damit man Telefongespräche abhören kann. Der IMSI-Catcher benötigt eine funktionierende SIM-Karte desselben Betreibers, um die Anrufe weiterzuleiten. Anrufe unter der Nummer des abgehörten Gerätes kann es nicht empfangen. IMSI-Catcher wie der Rohde & Schwarz GA 090 kosten 200 000 bis 300 000 € und werden nur an staatliche Organe wie Polizei und Geheimdienst verkauft.

IP-Nummer (»Internetprotokoll-Nummer«) ist die eigentliche Internet-Adresse. Die bekannteren Internet-Adressen www.irgendwas.de (URL oder Uniform Resource Locators) verweisen auf die IP-Nummer, da wir sie uns besser merken können als Zahlen. Eine IP-

Nummer besteht ursprünglich aus 32 Bit in vier Gruppen, also 0.0.0.0 bis 255.255.255.255.

KeeLoq Verschlüsselungsverfahren, das in Autoschlüsseln, Türöffnern, Wegfahrsperren und anderen mobilen Identifizierungssystemen benutzt wird. 2008 wurde KeeLoq von Forschern der Ruhr-Universität Bochum geknackt und das Verfahren veröffentlicht; es befindet sich aber immer noch weitläufig im Einsatz.

Kryptoanalyse Das Knacken von Geheimcodes ist so alt wie das Verwenden solcher Codes. Besonders im Krieg wurde die Übermittlung geheimer Botschaften sehr wichtig. So wurden im 2. Weltkrieg die ersten Computer eingeführt, um Codes zu knacken.

Kryptographie (griechisch für »Geheimschrift«) Das Schreiben in Geheimschrift. Existiert seit den alten Ägyptern, d. h. seit etwa 5000 Jahren.

Kryptologie Die Wissenschaft der Geheimschriften. Sie besteht aus der Kryptographie und der Kryptoanalyse, die gegensätzliche Ziele verfolgen.

Leetspeak Ersetzen von Zeichen durch ähnlich aussehende (z. B. »13375p33k« für Leetspeak). Auch eine Art der Verschlüsselung, die für Menschen ziemlich einfach, für Computer erheblich schwieriger zu entziffern ist.

Man-in-the-Middle-Attack (»Mittelsmann-Angriff«) Abhören durch Zwischenschaltung, indem man sich als der andere Gesprächspartner ausgibt. Zum Beispiel, indem man an einem öffentlichen Ort eine offene WLAN-Basisstation aufbaut und dazu nutzt, Bankdaten, Kreditkartennummern und Passwörter abzugreifen.

One-Time-Pad (Englisch für »Einmalblock«) ist ein Geheimcode, der sich ständig verändert und nie wiederholt. Wenn nur der Absender und der Empfänger diesen Einmalblock besitzen, ist so ein Geheimcode praktisch nicht zu knacken.

N00b Leetspeak-Schreibweise für »Newbie« oder »Neuling«. Ein Anfänger, der keine Ahnung hat.

Perl Programmiersprache, die besonders gut mit Texten, Zeichen, Listen und Tabellen umgehen kann. Im Internet deshalb weit verbreitet.

PGP (*Pretty Good Privacy*) Frei verfügbares Public-Key-Verschlüsselungsprogramm für alle, von Phil Zimmermann entwickelt, um die Geheimdienste zu umgehen: www.pgp.com.

Phishing (von *phony*/»falsch« und *fishing*) Das Abgreifen von sensiblen Daten, indem man vorgibt, jemand anderes zu sein, z. B. in E-Mails oder gefälschten Websites.

Public-Key-Kryptographie Verschlüsselungsverfahren, bei dem zwei Schlüssel verwendet werden: einer zum *Verschlüsseln*, ein anderer zum *Entschlüsseln*. Der erste Schlüssel kann also problemlos veröffentlicht werden *(Public Key)*, weil er nicht dazu benutzt werden kann, den Code zu knacken. Das geht nur mit dem zweiten, geheimen Schlüssel *(Private Key)*. *Public-Key-* oder *asymmetrische* Kryptographie wird oft benutzt, wenn man keine sichere Möglichkeit hat, sich zu treffen und Schlüssel auszutauschen: in Computernetzwerken zum Beispiel. Die Internet-Verschlüsselung HTTPS ist so ein asymmetrisches Verschlüsselungsverfahren.

Beispiel: Wir wollen per Post Geheimbotschaften austauschen, ohne uns je zu treffen. Ich schicke dir ein Vorhängeschloss, mit dem du deine Botschaft verschließt und mir schickst, zusammen mit deinem eigenen Vorhängeschloss. Ich kann das Päckchen mit meinem Schlüssel öffnen und die Antwort mit deinem Vorhängeschloss sichern.

Pwned! Online-Spiel-Ausdruck für *Owned!,* was etwa bedeutet: »Du gehörst mir!«

Schlüssel ist in der Kryptologie die Information, die benötigt wird, um eine Nachricht zu verschlüsseln bzw. entschlüsseln. Im allereinfachsten Fall nimmt man z. B. den nächsten Buchstaben im Alphabet, also für A = B etc.; Enigma und der Binhexer verwenden umfangreiche Werke der Weltliteratur, z. B. *Krieg und Frieden,* als Schlüssel. Je länger dein Schlüssel, desto sicherer dein Code.

SIM-Karte *(Subscriber Identity Module)* Chipkarte im Handy. Neben Telefonnummer, PIN, IMSI-Nummer und anderen Zugangsdaten enthält die SIM-Karte auch die Verschlüsselungsdaten deines Mobilfunkanbieters, damit deine Gespräche nicht abgehört werden können.

UMTS *(Universal Mobile Telecommunications System)* Handy-Netz der dritten Generation (3G), Nachfolger von GSM (2G). Damit können mehr Daten übertragen werden oder auch mehrere Datenarten auf einmal (z. B., wenn man gleichzeitig surft und telefoniert).

Wörterbuch-Angriff (auch bekannt als *Dictionary Attack*) Das Knacken eines Geheimcodes durch Ausprobieren einer Liste. Zum Beispiel, indem man alle Wörter im Lexikon und alle bekannten Namen etc. ausprobiert, um ein Passwort zu erraten. Wenig elegant, aber sehr effektiv. Deshalb als Passwort *nie* den Namen des Haustiers oder der Freundin wählen! Geeignete Wortlisten findet man im Internet, in vielen verschiedenen Sprachen. Oder guck dir mal eine Liste der häufigsten Passwörter an – ist deins dabei? Dann solltest du es schleunigst ändern. Das ist nämlich so gut wie gar kein Passwort.

»Witzig, anrührend und ganz bezaubernd!«

Til Schweiger

Bärbel Körzdörfer
JUNGS AUF SKYPE
176 Seiten
mit zahlreichen
Abbildungen
ISBN 978-3-8339-3653-1

Victor und Jens skypen – zwei Freunde fürs Leben! Victor ist der Sohn eines reichen Industriellen und lebt in einer Villa an der Hamburger Alster. Sein Traum: Als Fotograf um die Welt zu fliegen. Aber sein strenger Vater verachtet diesen Traum und schickt ihn auf ein Internat in Bayern – Victor flüchtet zu seinem Onkel nach Berlin.

Jens ist der Sohn eines arbeitslosen Tischlers. Er lebt in einem Hochhaus, kämpft mit der Armut und hat Angst vor der ersten Liebe.

Ein Mix aus Sehnsucht und Träumen, schnellen Sprüchen und schrägen Gedanken.

Baumhaus Verlag

Action pur mit dem Team X-treme – Mission 1

Michael Peinkofer
TEAM X-TREME
– MISSION 1
Alles oder nichts
128 Seiten
vierfarbig illustriert
ISBN 978-3-8339-3211-3

Monte Carlo, Monaco: Bei einer Mission im Fürstentum gerät das Team X-treme mit einem Jugendlichen aneinander, der offenbar sein Gedächtnis verloren hat. Lediglich seinen Namen kennt er noch: Kyle Connor. Das Team erhält den Auftrag, Kyle bei der Rekonstruktion seines bisherigen Lebens zu helfen und kommt dabei einem tödlichen Geheimnis auf die Spur: Gibt es tatsächlich eine Verbindung zwischen Kyle und Bata Claca, diesem berüchtigten Killer?

Lies das Buch. Spiel das Spiel.
Rette die Welt.

Jordan Weisman / Mel Odom
LOST SOULS I
Das Spiel beginnt
Box mit Buch, Spielplan
und Spielsteinen
Aus dem amerikanischen
Englisch von
Barbara Lehnerer
304 Seiten
ISBN 978-3-8339-3794-1

Nathan Richards ist ein ganz normaler Junge. Doch an seinem 13. Geburtstag wird sein Leben auf den Kopf gestellt. An diesem Tag erhält er vom Mayagott Kukulkan eine unglaubliche Gabe – und eine besondere Verpflichtung: Nathan muss das Spiel »Lost Souls« gegen Kukulkan spielen. Und er muss gewinnen, bevor der Mayakalender am 21. Dezember 2012 endet. Nur so kann er das Überleben der Menschheit sichern …
Die Zeit läuft – die Welt muss gerettet werden. Nathan muss den Gott besiegen, in einem Spiel, dessen Regeln er nicht kennt, oder er wird für immer verlieren.

Baumhaus Verlag